행복을 연기하지 말아요

행복을
연기 하지
말아요

니시자와 야스오 지음
최은지 옮김

샘터

하루에도 많은 일이 일어나는 나날.

조금 지쳐버리는 날,

마음이 침울해지는 날도 가끔 있지요.

그런 날이면

이 책을 꺼내 들고

한 페이지, 한 페이지, 천천히 읽어보세요.

마음을 위로하는 이야기.

한바탕 웃고 나면 홀가분해지는 이야기.

아련한 추억이 떠오르는 이야기.

그런 소중히 간직해둔 이야기를

여기에 가득 담았습니다.

좋은 이야기는

마음을 따뜻하게 합니다.

그리고 찾아올 새로운 하루를

더 행복한 하루로 만들어주지요.

이 책은 따뜻함과 행복의 견인차가 되고 싶습니다.

실제로 있었던 가슴 따뜻한 이야기

거리, 학교, 지하철역 플랫폼, 직장, 가정에서,

　세상의 무수히 많은 곳에서 오늘도 다양한 드라마가 탄생

하고 있다.

　그렇게 일어난 일들이 뉴스가 되는 것만은 아니다.

　마음을 울리며 소소하지만 따뜻한 배려가 느껴지는,

　단 한마디 말로 다른 사람의 마음을 위로하는,

　한 사람의 작은 용기가 커다란 무언가를 움직이는,

가슴 따뜻한 실화들이 이 책에 가득 담겨 있다.

마음의 진정한 따스함과 애정이 넘쳐나는 장소.
세상은 생각보다 훨씬 친절하고 따뜻한 곳이다.

소중할수록, 옆에서 계속 지켜주는 마음.
행복을 찾아 멀리 떠나지 않아도, 언제나 그 자리에 있는
사랑.
이 책에 등장하는 사람들은 분명 그런 소소한 행복을 알게
해줄 것이다.

오늘 당신도 가슴 따뜻한 이야기와 마주할지 모른다.
혹은 당신이 주인공이 되어 새로운 좋은 이야기가 탄생할
지도.

니시자와 야스오

차례

4장

살아갈
용기를
얻다

**가슴 뭉클해지고
힘이 나는 이야기**

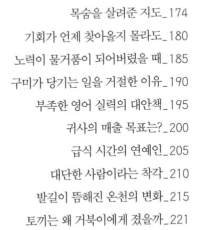

5장
커다란
사랑을
느끼다

언제까지나 잊히지 않고
마음에 남는 이야기

1장

소중함이
마음속에
스며들다

읽는 것만으로
마음이 따뜻해지는 이야기

단 두 글자의 울림

단 두 글자의 전보가 남극 관측대 사내들을 눈물짓게 했다는 유명한 실화가 있다.

1956년, 일본 역사상 처음으로 남극에 관측대가 파견되었을 때의 이야기이다.

눈과 얼음만이 가득한 세상에서 1년 넘게 힘든 시간을 보내야 하는 관측대원들에게는 이따금씩 날아오는 가족의 메시지가 고된 시간을 견딜 수 있는 마음의 버팀목이었다.

지금이야 기지의 시설도 충분히 갖춰져 있고, 이메일로 가족들과 쉽게 연락하고 이야기를 나눌 수 있지만, 그 당시에는 그런 장비들이 충분하지 못했다. 유일한 통신수단은 모스 부호로 오는 전보뿐이었다.

모스 부호는 점(·)과 선(─)으로만 이뤄진 신호체계이다.

일본에서 모스 부호에 사용할 수 있는 글자는 가타카나*와 숫자뿐.

게다가 이용 요금도 비싸서, 문장은 최대한 짧게 보내는 것이 암묵적인 룰이었다.

옛날 드라마를 보면 자주 나오지 않는가. 주인공이 '엄마 위독'이라는 전보를 받는 장면이.

다시 남극 관측대 이야기로 돌아가 보자.

....

* 일본 문자인 가나에는 히라가나와 가타카나가 있는데, 가타카나는 주로 외국어나 외래어, 의성어 등의 표기에 쓰인다.

때는 신년 맞이로 한창 분주한 설 시즌이었다.

당연히도 대원들 앞으로 가족들의 신년 메시지가 차례차례 날아들었다.

설레는 마음으로 메시지를 받아 든 대원들은 한 방에 모여서 한 사람씩 돌아가며 자신에게 온 메시지를 공개했다.

당시 36살의 대원 오쓰카 마사오 씨가 공개한 메시지는 아내인 쓰네코 씨에게서 온 것이었다. 그녀는 **단 두 글자**만 보냈고, 이 글자가 모든 대원의 마음을 울려 하나둘 눈물을 흘리게 했다.

쓰네코 씨가 남편에게 보낸 메시지.

그것은······.

"여보"

자신을 부르는 영원한 두 글자.

아무리 긴 메시지로도 끝나지 않을 그 마음이 단 두 글자에

축약되어 있었다.

다른 대원들의 마음에는 이 두 글자에서 분명 자신의 아내 목소리가 들렸을 것이다.

"여보, 잘 잤어요?"

"여보, 괜찮아요?"

"여보, 잘 자요."

"여보, 무사히 돌아와요."

자신을 향해 건네는 아내의 따뜻한 목소리가.

그 목소리는 사내들의 눈가를 뜨겁게 하기에 충분했다.

하지만 사실 아내 쓰네코 씨의 메시지는 술버릇이 안 좋은 마사오 씨에게 "술 너무 마시지 말아요!"라는 의미를 담은 '여보!'였다고 한다.

그 증거로 마사오 씨가 과음으로 실수했다는 소식을 들은 쓰네코 씨는 이런 전보를 보내기도 했다.

"냄새 풀풀"

장난꾸러기에 귀여운 아내, 쓰네코 씨이다.

비슷한 일화로, 나의 지인은 신혼 시절 아내와 크게 다툰 다음 날, 점심시간에 아내가 싸준 도시락을 열어보니 하얀 밥 위에 김으로 '바보'라고 쓰여 있었다고 한다.

두 글자의 귀여운 메시지.

지인은 그날 화해의 케이크를 사서 귀가했다고 한다.

아 · 주 · 잘 · 먹 · 었 · 습 · 니 · 다 (전보)

전철 안에서의 드라마

이 이야기는 친구에게 들은 이야기이다.

심야의 게이오 선. 신주쿠 역에서 출발한 전철 안은 늦은 시간까지 일하다 귀갓길에 오른 사람과 기분 좋게 술 한잔 걸친 사람 등으로 혼잡했다.

그중 술에 취한 할아버지 한 분이 차내에서 노래를 부르기 시작했다.

말쑥한 정장 차림을 한 할아버지의 노래는 기분 좋은 취기에 부르는 느낌이 아니라, 회사에서 무슨 일이라도 있었는지 얼굴에 수심이 가득한 채 축 처진 목소리로 부르는, 어쩐지 서글픈 노래였다. 꽤 큰 목소리로 부른 탓에 같은 열차 안의 멀리 떨어진 사람에게까지 들릴 정도였다.

아저씨가 노래를 부르기 시작하고 얼마 지나지 않아, 열차 내에서 어느 젊은이가 큰 소리로 외쳤다.

"적당히 하세요! 여기 전철 안이라고요!"

성난 목소리에 아저씨의 노래는 멈췄다.

그러자 차내에 있던 회사원인 듯 보이는 남성이 작은 목소리로 이렇게 말했다.

"잠깐이라면, 괜찮지 않나……."

남성은 술에 취해 노래를 부르던 아저씨의 마음을 이해했던 것이다.

나는 이 이야기가 묘하게 좋았다.

"잠깐 정도는 부르게 해주지……"라는 상냥함이 좋다.

또 하나, 전철에서 노래를 부른 사람의 이야기가 있다.

예전에 NHK의 〈밤은 마음이 쿵〉이라는 프로그램에 소개
된 적이 있는 이야기이다. 〈밤은 마음이 쿵〉은 시청자의 사연
을 영상으로 만들어서 방영하는, 15분 편성의 짤막한 프로그
램인데, 어느 할아버지의 이야기가 소개된 적이 있었다.

누가 봐도 결혼식에 다녀온 사람이라고 알아차릴 정도로
아주 깔끔한 예복을 입은 노부부가 열차에 올라탔다.

승차를 한 노부부는 한참을 자리에 앉아 있었는데, 갑자기
할아버지가 일어서서 차내의 승객들에게 이렇게 말했다.

"여러분, 잠시 제 이야기를 들어주시기 바랍니다. 오늘은 조
카의 결혼식이 있었습니다. 아이가 없는 저희 부부에게는 실
로 딸 같은 귀여운 조카입니다. 사실 저는 피로연에서 노래를
부르기로 했는데, 시간이 밀려서 제 차례가 잘려버렸습니다.

그래서 오늘 부르기로 했던 노래를 여기에서 부르고 싶은데, 괜찮을까요?"

갑작스러운 요청에 놀란 승객들은 누구 하나 쉽게 대답하지 못했다.

"그럼 반대 의견이 없으니까……"라는 말을 끝으로 할아버지는 〈세토의 신부〉*라는 노래를 부르기 시작했다. 승객들은 가만히 할아버지의 노래를 들었다.

노래를 마친 할아버지는 "감사합니다. 이 은혜는 평생 잊지 않겠습니다"라고 정중히 감사의 말을 남기고서는 이내 깜짝 놀라 이렇게 소리쳤다.

"앗! 노래에 심취해서 지나쳐버렸다!"

할아버지의 말에 승객들은 처음으로 웃음을 터트렸다.

기분이 좋아진 할아버지가 "다음 역까지 시간이 있으니, 한

• 1972년에 발표된 노래로, 섬으로 시집가는 어린 여자의 이야기를 다루고 있다.

곡 더 불러도 될까요?"라고 물었고, 이번 요청에는 승객들이 따뜻한 박수를 보냈다.

한 곡을 더 부른 할아버지가 다음 역에서 내릴 때는 승객 모두가 박수로 할아버지를 배웅했다.

노부부가 떠나고 난 뒤 열차 안은 이제까지 한마디도 나누지 않던 승객들이 서로 옆 사람과 노부부의 이야기를 나누며 화기애애한 분위기가 되었다.

첫 번째 이야기의 주인공인 술 취한 할아버지도, 결혼식 축가를 부른 할아버지도, 취기 탓도 있겠지만, 아마도 복받쳐 오르는 감정에 노래를 부르고 싶어진 것이다.

다른 사람의 감정을 '시끄럽다'는 말로 화를 내기보다 기분 좋게 받아들여, 가만히 그의 노래를 들어줄 줄 아는 마음의 여유를 가진 사람이 되고 싶다.

'걱정 마'라고 말한 이유

늦잠으로 약속 시간에 늦을 것 같을 때.

전철 안에서 '더 빨리!'를 외치며 말도 안 되는 생각을 해버린다.

어떤 개그맨은 신칸센*을 타고 이동해야 하는 일이 있는 날 늦잠을 자버려서, 빨리 도착하고 싶음 마음 하나로, 열차 맨

....

* 세계 최초로 개통된 일본의 고속철도.

첫 번째 칸의 첫 번째 문 앞에 서서 간 적이 있다고 한다.

재미있는 에피소드인데, 그 마음만큼은 이해할 수 있다.

이번 이야기는 영화 〈남자는 괴로워〉 시리즈의 주인공 구루마 도라지로를 연기한 일본 국민 배우 아쓰미 기요시 씨의 애제자였던 배우 이시이 겐이치 씨의 추억이다.

영화 〈남자는 괴로워〉 시리즈 중 1편의 클라이맥스 장면은 구루마의 여동생 사쿠라와 남편 히로시의 결혼식 장면이다.

이 장면은 주인공 아쓰미 기요시 씨를 시작으로 당시 은퇴한 국민 배우들이 게스트로 대거 출연하는 명장면이다.

일본을 대표하는 쟁쟁한 명배우들이 아침 8시에 오후나 촬영소*에 모이는 아주 긴장되는 장면이었다고, 후에 이시이 씨는 말했다.

그런 긴장감 넘치는 촬영을 앞둔 전날 밤.

....

* 일본 영화사 쇼치쿠가 가마쿠라 부근의 오후나(大船)에 건립한 촬영소.

아쓰미 씨의 애제자였던 이시이 씨는 그 장면에서 '노동자 4'라는 역할로 출연할 예정이었다.

출연이라고 해도 대사가 있는 사람은 '노동자 1'까지여서 이시이 씨에게는 대사 한 줄 없었다.

그런데도 이시이 씨. 열정에 불이 붙어서, 모두의 대사를 외우려고 대본을 넘기다가 밤을 꼴딱 새버렸다고 한다.

새벽 즈음 돼서 겨우 꾸벅거리며 졸다가 화들짝 잠에서 깨어보니 시간은 이미 7시가 훌쩍 넘어 있었다.

다른 출연자들은 전부 8시에 현장에 모일 텐데.

정신이 번쩍 든 이시이 씨는 그 자리를 박차고 일어났다.

집합 예정지인 촬영소에 자신이 지각하는 일은 천지가 뒤집어져도 있을 수 없는 일, 있어서도 안 되는 일이었다.

새파랗게 질린 얼굴로 촬영소로 서둘러 갔지만, 역시나 지각.

도착한 시간은 9시를 넘긴 시각이었다.

아쓰미 씨의 옆에서 출연은 고사하고 배우 생명을 잃을지도 모르는 엄청난 실수이다.

그 · 런 · 데.

촬영소에서 이시이 씨의 얼굴을 본 아쓰미 씨는 작은 목소리로 이렇게 말했다고 한다.

"걱정 마."

아쓰미 씨는 다른 출연자들에게 **이시이 씨가 늦은 것은 자신의 부탁 때문**이라고 말했다.

아쓰미 씨의 특별한 상냥함.

보통 사람이라면 촬영 날, 더군다나 국민 배우들이 대거 출연하는 중요한 장면의 촬영 날에 자신의 제자가 늦잠으로 지각했다면 불같이 화를 낼 것이다. 그러나 아쓰미 씨는 화는커녕 사람들에게 거짓말까지 하면서 이시이 씨를 감싸주었다.

아쓰미 씨의 말을 들은 사람들은, 설령 그것이 이시이 씨를 감싸주기 위한 거짓말이라 할지라도, 이시이 씨에게 아무런 말도 하지 못할 것이다.

실제로 그날 이시이 씨는 누군가에게도 혼나지 않았다고
한다.

스스로 자신감이 없는 사람일수록 자신보다 약한 상대에게
아주 거만하게 군다.

아쓰미 씨처럼 자신보다 약자에게 오히려 더 다정하게 대
할 수 있는 사람이 '진짜 다정함을 아는 사람'이 아닐까.

나 역시 그런 넓은 마음을 가진 사람이 되고 싶다.

집으로 돌아가는 길

이 이야기는 나의 지인 K 씨가 자신의 대학생 딸을 자랑스러워한 순간에 대한 것이다.

K 씨와 딸은 어느 날 저녁에 모녀간의 데이트로 외식을 하고 돌아가는 길이었다. 집을 향해 걷던 중 역 근처의 거리에서 축 늘어져 있는 연세가 조금 있는 여성을 발견했다.

딸은 "괜찮으세요?" 하고 말을 걸며 그녀를 일으키려고 했지만 아무래도 이 여성은 만취 상태인 듯했다.

대부분 이러한 상황이라면 몇 번 일으키려고 시도해보다 그냥 그 자리를 떠날 것이다. 그러나 마음씨 착한 K 씨는 그녀를 그렇게 내버려둘 수 없다는 생각에 차마 발이 떨어지지 않았다고 한다.

근처 편의점으로 달려가 물을 사 온 딸은 여성을 안아 들고 물을 마시게 하려 했지만 잘 되지 않았다. K 씨의 딸은 다시 한번 편의점으로 달려가 빨대를 사 와서 마시게 하려 했지만, 이 여성이 너무 많이 취한 탓에 여전히 잘 되지 않았다.

운 좋게 지나가던 택시를 잡아 함께 타려고 했는데, 이번에는 이 여성이 구토를 했고, 택시 기사는 "토할 거면 밖에서 하세요!"라며 승차를 거부했다.

응급차를 불러야 할지 고민까지 하면서 난감해진 K 씨.

그러자 딸이 지나가던 남성에게 도움을 요청했다. 딸은 그 남성에게 여성을 집까지 업어서 옮겨달라고 부탁하는 것이 아닌가.

다행히도 흔쾌히 부탁을 들어준 남성과 함께 셋은 여성이 말하는 집까지 걸어갔다.

딸에게 안긴 여성은 현관에서 몇 번이나 물을 마시고 **"누군 지는 모르겠지만, 고마워요"**라며 감사의 말을 전했고, 그러면 서도 다시 구토를 했다.

이제 괜찮겠지, 하면서 K 씨는 딸과 함께 여성의 집에서 나왔다.

문득 딸을 보자, 그녀가 좋아하던 옷이 토사물로 더럽혀져 있었다.

"아이고, 옷 더러워졌네"라는 K 씨의 말에 딸은 웃으며 이렇게 대답했다고 한다.

"옷은 더러워지면 빨면 되잖아. 저 사람, 분명 무슨 안 좋은 일이 있었을 거야."

그 말을 들은 순간, K 씨는 눈앞에 있는 딸이 진심으로 자랑스러웠다.

어린 시절 소극적인 성격에 눈물이 마를 날이 없던 딸이 언제 이렇게 행동력 있고 다른 사람에게 상냥한 사람으로 성장했는지.

K 씨는 눈물이 나올 정도로 자랑스럽고 감사해서 가슴이 벅찼다고 한다.

부모에게 '아이가 자랑스러울 때'는 뭐라 말할 수 없이 행복한 순간일 것이다.

특히 '아이가 다른 사람에게 친절하게 대할 줄 아는 사람이구나'라고 느끼는 순간은 아마 한층 더 자랑스럽지 않을까.

아이가 유치원이나 초등학교에 다니면서 엄마, 아빠, 혹은 할머니, 할아버지의 얼굴을 열심히 그려서 자랑스럽게 건네는 순간, 종이를 받아 든 부모는 눈물이 난다. 다 큰 어른이면서 눈물을 뚝뚝 흘리며 울게 된다.

아직 아이였을 때 나는 그렇게 우는 사람을 본 적이 있다. 그때 나는 '저런 엉터리 그림을 받아서 뭐가 그리 기쁘지?'라고 생각했다.

그러나 지금은 안다.

그 사람은 그림을 받아서 기쁜 것이 아니다.

자신을 기쁘게 할 생각으로, 자신을 위해 그림을 그린다고 하는 다정한 마음과 그런 마음을 갖게 된 아이의 성장이 기뻐서 눈물을 흘린 것이다.

저녁 외식 후 집으로 돌아가는 길에 발견한, 알지도 못하는 여성에 대한 따뜻한 친절.

그리고 좋아하는 옷이 더럽혀지는 것도 아랑곳하지 않고 상대를 배려하는 마음의 넓이.

K 씨에게는 누구보다 자랑스러운 딸일 것이다.

그리고 나는 그런 멋진 딸을 키워낸 K 씨도 대단하다고 생각한다.

우리 강아지를 보시면

화면에 보이는 사람은 5살 정도의 미국 여자아이였다.

이름은 매디슨.

매디슨은 새빨갛게 상기된 얼굴로 눈물을 뚝뚝 흘리고 있었다.

손에는 강아지 사진이 들려 있었다.

매디슨은 울면서도 힘겹게 한마디 한마디를 쥐어짜내듯 카메라를 바라보며 이야기했다.

"만약 우리 보디를 보시면, 우리 집에 데려다 주세요."

보디는 매디슨이 손에 들고 있는 사진의 주인공, 강아지의 이름이다.

매디슨의 집에서 함께 사는 보디는 어느 날 집 뒷마당에서 밖으로 나갔고, 그대로 행방불명되었다.

운이 나쁘게도 없어졌을 당시 보디는 목걸이를 하지 않았다.

위치 추적 장치인 마이크로칩도 달지 않아서, 찾을 수 있는 방법이 없었다.

길을 잃어버린 반려견 걱정에 눈물을 흘리며 우는 매디슨.

엄마는 페이스북에 매디슨의 동영상을 개제하기로 했다.

보디의 사진을 손에 들고 울면서 호소하는 5살 아이의 모습은 순식간에 화제가 되었다. 영상 재생 횟수는 금세 1,127만 회에 달했다.

그 후.

영상을 올리고 며칠 뒤, 매디슨의 집 근처 살던 사람이 동영상을 보고 연락을 해왔다.

보디는 행방불명된 지 일주일도 지나지 않아 무사히 매디슨의 곁으로 돌아왔다.

SNS의 굉장한 힘을 알 수 있는 에피소드이다.

매디슨의 엄마는 후일, 보디를 끌어안고 있는 매디슨의 사진을 올렸다.

사진 속에서 반려견과 재회한 매디슨은 얼굴에 웃음이 가득했다.

매디슨과 보디의 사진을 본 많은 사람들도 마음이 따뜻해졌다.

아무리 매디슨의 눈물의 호소가 1,127만 회나 재생되었다고 해도, 길을 잃은 반려견이 무사히 돌아온 것은 정말이지 기적과 같은 이야기이다.

기적이라는 녀석은 누구에게나 반드시 한 번은 찾아온다.

나는 그렇게 믿고 있다.

단지 그중에는 기적이 일어났음에도 불구하고 알아차리지 못한 채 놓쳐버리는 사람도 있다.

반대로 기적이 몇 번이나 찾아왔고, 매번 찾아온 기적을 잘 활용하는 사람도 있다.

기적을 잘 활용하는 사람들의 공통점.

그것은 '기적을 믿는 것'이다.

그리고 스스로 '기적을 끌어들이는 행동'을 한다.

매디슨의 이야기도 만약 매디슨의 엄마가 SNS에 딸의 동영상을 올릴 생각을 하지 않았다면 기적은 찾아오지 않았을 것이다.

기적을 믿고, 행동으로 옮겼기 때문에 기적이 일어난 것이다.

내가 지금 이렇게 책을 쓰고 그 책을 당신이 읽고 있는 이

순간도 나에게는 기적이다.

몇 번의 굉장한 우연이 반복되어 '기적'이 되었다.

당신도 속는 셈 치고 '기적'이라는 녀석을 믿어보길 바란다.

만점은 받지 않아도 돼

만약 당신이 어떤 업무를 맡는다면, 당신은 완벽을 목표로 하는 타입인가?

아니면 80점 정도로 만족하는 타입인가?

이 이야기는 한 여성 탤런트가 개그맨이자 최고의 진행자인 아카시야 산마 씨에게 기운을 받은 에피소드이다.

여성 탤런트는 어느 날 산마 씨가 진행하는 버라이어티 방송에 출연했지만 방송에서 자신을 제대로 어필할 수 없었고, 자신이 바라는 결과를 얻지 못한 채 방송이 끝나버렸다.

점수로 따지자면 완전히 낙제점이었다.

방송 녹화가 끝난 후, 스튜디오 밖에서 자신의 한심함에 침울해진 그녀.

마침 녹화 스튜디오에서 나온 산마 씨가 우울한 얼굴을 하고 있는 그녀를 발견했다. "무슨 일이야?" 하고 말을 건넨 산마 씨.

그녀가 녹화 때 제대로 말하지 못해서 침울해하고 있다고 전하자, 산마 씨는 이런 말을 했다.

"만점은 받지 않아도 괜찮아. 만천은 별이 뜬 하늘만으로도 충분하니까."*

....

• 일본어로 만점(満点)과 만천(満天)은 소리가 같은 동음어로, 이를 재치있게 이용한 말이다.

그 말을 들은 그녀는 기운을 되찾았다.

사실 이 말은 산마 씨가 예전의 인기 방송 〈훌륭한 산마 선생〉이라는 프로그램에서 시험을 잘 치르지 못한 학생에게 상담해줄 때도 한 적이 있다.

"만점은 받지 않아도 돼!"

산마 씨의 말처럼 항상 100점 만점을 목표로 정해서, 계속 점수에만 집착하다 보면 실수로 하나만 틀려도 전혀 기쁨을 느끼지 못한다.

만약 더 큰 실수로 70점밖에 받지 못하면 회복할 수 없을 정도로 실망한다.

산마 씨의 말처럼 "만점 같은 거 받지 않아도 돼!"라는 생각이라면, 80점에도 "뭐, 괜찮네"라는 마음이 생기고, 나아가서 90점을 받으면 점수를 온전히 기쁘게 받아들일 수 있다.

나도 80점 이상이면 된다고 생각하는 타입이다.

물론 일할 때는 100점을 목표로 노력한다.

그러나 '**노력한 결과가 80점이라도, 불필요하게 침울해하지 말자**'라고 생각한다.

세상이 끝난 것처럼 우울해한다고 한들 이미 나온 점수는 바뀌지 않는다.

게다가 들쑥날쑥하게 100점을 받는 사람보다 좋지 않은 상황 속에서도 꾸준히 80점 이상을 받는 안정감 있는 사람이 더 좋은 평가를 받는다.

아카시야 산마 씨는 어떠한 게스트와 함께라도 언제나 큰 웃음을 이끌어내는 안정감 NO. 1 사회자이다.

그 정도의 실력을 갖춘 사람이기 때문에 "만점 같은 거 받지 않아도 돼!"라는 말에 무게와 설득력이 있다.

산마 씨는 자신이 출연한 모든 방송을 모니터한다고 한다. 그리고 TV 앞에서 실전과 똑같이 다시 한번 개그를 한다.

자신이 실제 녹화 때 했던 개그와 방송을 다시 보면서 말한 개그가 일치했을 때 비로소 합격점을 준다고 한다.

평균 80점 이상의 개그를 보여주는 산마 씨의 비밀을 살짝 엿볼 수 있는 에피소드이다.

"만점 같은 건 받지 않아도 괜찮아!"라고 말하면서도 절대 대충하지 않는 산마 씨이다.

어머니의 따뜻한 한마디

어느 교육자가 이런 이야기를 했다.

"아이가 어떤 어른으로 자라는지는 100퍼센트 부모의 책임이다."

교육자로서 많은 부모와 상담을 했고, 또 부모가 교육한 결과를 많이 봐온 선생님의 말이니, 나 역시 부모의 입장에서 어떠한 변명도 할 수 없다.

이번 이야기는 고(故) 후지무라 슌지 씨의 이야기이다.

자유롭고 유연한 이미지로 배우와 TV 방송 내레이터 등으로 활약한 후지무라 슌지 씨.

소탈하고 재치가 있고, 장난을 좋아하는, 나의 롤모델 '베스트 오브 할아버지'이다.

생전 후지무라 씨는 사소한 부분에 연연하지 않고 주위 사람들을 배려할 줄 아는 사람으로, 누구에게나 사랑받았다.

그런 후지무라 씨는 자신의 느긋한 성격의 배경에는 '어머니의 교육법'이 큰 역할을 했다고 한다.

예를 들어 후지무라 씨가 유치원을 다닐 때의 일화이다.

함께 놀던 친구들에게 상처를 입히고, 유치원에서 퇴원 처분을 받은 후지무라 씨에게 그의 어머니는 이렇게 말했다고 한다.

"잘됐네. 내일부터는 집에서 느긋하게 노렴."

또 언젠가 친형과 싸우다가 장지문을 파손했을 때, 어머니는 형제에게 이렇게 말했다고 한다.

"싸우느라 피곤할 텐데. 자, 차나 한잔하자."

언뜻 보기에 밑도 끝도 없이 응석을 받아주는 듯 보인다.
그러나 후지무라 씨의 어머니는 매번 너그럽게 넘어가는
사람이 아니었다.

엄할 때는 아주 엄한 어머니였는
데, 특히 다른 사람에게 민폐를 끼
치지 않도록 각별히 교육했다
고 한다.

예를 들어 세면장 사
용 후 다음 사람을 위
해 반드시 깨끗하게 정
리하기와 같은 매너에
대해서는 제대로 가르
쳤다.

레스토랑에서 옷에 음식을 흘린 서너 살 정도의 어린아이에게 큰 소리로 화내는 부모들을 자주 본다.

부모는 도대체 왜 그러는 거냐며 화를 내지만, 막상 아이는 자신이 왜 혼나는지조차 모른 채 그저 부모의 큰 목소리에 놀라 귀신이라도 본 듯 우는 것이 고작이다.

아이의 마음속에는 즐거워야 할 레스토랑에서 '무서운 얼굴을 한 부모님에게 혼났다'라는 기억만 남을 뿐이다.

이렇게 일방적인 훈육을 받고 자란 아이는 다른 사람의 시선에만 신경 쓰며 적극적으로 자신의 의견을 내지 못하는 어른이 되거나 자신의 일도 아니면서 크게 걱정하는 어른이 된다.

카페에서 이제 막 유치원을 다니기 시작했을 것처럼 보이는 어린 여자아이가 주스를 엎지른 것을 본 적이 있다. 그러자 함께 있던 아주머니가 "어머, 큰일이네! 옷이 다 젖었잖아. 괜찮니?"라며 다정하게 웃으며 아이의 걱정을 먼저 했다.

아주머니의 다정한 걱정에 아이도 방긋 웃으며 "괜찮아요!"

하고 씩씩하게 대답하는 그 광경을 옆에서 보고 있던 나는 마음이 따뜻해졌다.

아이의 장난이나 실수에 진심으로 화를 내는 어른을 보면 어쩐지 조금 슬프다.

후지무라 씨의 어머니만큼은 아니더라도 여유로운 대응이 아이를 더 따뜻하게 키운다고 생각한다.

학생들에게 고개 숙인 선생님

이번 이야기는 나의 지인인 50대 남성 Y 씨가 중학교 1학년 때 겪은 일이다.

당시 Y 씨는 근처에서 엄격하게 가르치기로 유명한 학원에 다녔다고 한다.

이곳은 학원임에도 불구하고 테스트를 거쳐 일정 점수 이상일 경우에만 수업을 들을 수 있었는데, Y 씨는 초등학교 6학년 때 합격하여 일주일에 한 번 학원에 다녔다.

학원 수업은 영어와 수학 두 과목으로 각각 다른 선생님이 담당했는데, 원장 선생님은 영어를 가르쳤다.

원장 선생님은 백발의 노년으로 Y 씨의 말에 의하면 예순이 넘은 어른이었다고 한다. 원래 대학 교수였던 원장 선생님은 엄격하고 무서웠지만 수업 자체는 굉장히 잘 가르쳤다고 한다.

원장 선생님의 수업을 듣고 난 다음부터 학교의 수업 방식이 엉터리처럼 느껴져서 이런 설명밖에 듣지 못하는 반 친구들이 안됐다는 생각마저 들었다고 하니, 확실히 레벨이 높은 학원이었다.

Y 씨가 학원을 다니기 시작한 지 반 년 정도 지난 어느 날.

주 1회밖에 없던 수업이 갑자기 중지된 적이 있었다.

부모님에게 온 안내에 의하면 원장 선생님의 어머니가 돌아가셔서 장례식을 위해 휴강한다고 했다. 당시 중학교 1학년이던 Y 씨는 갑작스러운 휴강에 그저 "휴강이라니 럭키!"라며 기쁘기만 했다.

휴강이 있고 바로 다음 주의 수업 날. Y 씨는 그날, 50대가 된 지금도 잊지 못하는 광경을 마주했다.

아무 일 없었다는 듯 영어 수업은 평소와 같았다. 그러다가 수업이 끝난 후 원장 선생님은 자세를 고치고 진지한 얼굴로 학생들을 향해 이렇게 말했다.

"여러분 중에 지난주 저의 어머니 장례식에 와준 친구들이 있다고 들었습니다. 이 자리를 빌려 감사의 말을 전합니다. 고맙습니다."

말을 마치고 원장 선생님은 중학교 1학년 학생들을 앞에 두고 백발의 머리를 깊게 숙였다.

Y 씨는 60대 어른인 원장 선생님이 머리를 숙인 모습을 잊을 수 없었다.

원장 선생님의 모습을 본 당시의 Y 씨는 놀람과 동시에 감동했다고 한다.

불과 몇 달 전까지만 해도 초등학교에 다녔던 자신들에게 원장 선생님은 머리를 숙여 감사의 마음을 전했다.

원장 선생님은 중학교 1학년 학생들을 **어른으로서 인정해 준 것**이었다.

Y 씨는 원장 선생님의 모습에서 신선함과 함께 신성함까지 느껴졌다고 한다.

그러면서 원장 선생님 가족에게 찾아온 불행을 알면서도 휴강되었다는 사실을 단순히 즐거워만 했던 '자신의 철없음'에 부끄러움을 느꼈다.

평소에 엄한 학원 선생님이 자신들에게 머리를 숙여 감사의 마음을 전한 그 순간이 Y 씨의 머리에 계속 남아, 40년이나 지난 지금도 여전히 잊지 못하고 있다.

Y 씨는 말했다.

"그 모습을 보고 **나도 어른이 되었을 때, 상대가 작은 아이**

라고 할지라도 제대로 예절을 다할 줄 아는 사람이 되겠다고
결심했지."

　원장 선생님은 참 멋있는 사람이다.

　또, 원장 선생님의 모습에 감동해서 여전히 존경하고 있는
Y 씨도 멋있다.

　원장 선생님의 가르침을 잊지 않은 Y 씨는 대인관계가 좋
고 젊은 사람들에게 신뢰를 받는 사람이다.

부처가 고행을 통해 얻은 것

그저 참고만 지내온 괴로운 나날.

괴로운 날들을 '수행'이라 여기고 '이 또한 언젠간 내게 도움이 되겠지'라며 견디는 당신.

어쩌면 우리가 '수행'과 '고행'이 뒤섞여 있는 것을 알아차리지 못한 것은 아닐까.

그런 당신에게 필요한 이 이야기는 수없이 많은 고행을 해온 남자(?), 부처님의 이야기이다.

부처(붓다＝궁극의 진리를 깨달은 사람)라고 알려진 고타마 싯다르타는 후에 불교의 개조(開祖)가 된다.

그가 젊은 시절, 인도에는 깨달음을 얻기 위해 '고행'에 나선 사람이 많았다. '고행'이란 단식처럼 몸에 끊임없이 고통을 주는 것이다.

왕족의 자식으로 태어났지만 깨달음을 얻고자 한 싯다르타도 동료들과 함께 고행 길에 올랐다.

그는 뼈와 가죽만 남을 정도로 죽기 직전까지 단식하는 등 극심한 고행을 6년이나 이어갔다.

35세가 되던 어느 날.

그는 고행을 끝내고 드디어 깨달음을 얻는 데 성공……하지 못했다!

싯다르타가 6년이나 행한 고행의 끝에 얻은 결론.

그것은…….

'고행 같은 건 소용없다!'

그는 '괴로움은 그저 괴로울 뿐. 괴로움을 통해 깨달음에 가까워지지는 않는다!'라는 결론에 도달했다.

매일 괴롭기만 한 나날을 보내면서 이 또한 나를 위한 고행이니 조금만 참자고 생각하는 당신.

당신 대신 부처가 6년간이나 죽을 각오로 해본 결과 '고행은 소용이 없다'라는 결론을 내주었다.

물론 자신의 꿈을 향해 지반을 다지는 수행이라면 미래를 위한 일이기 때문에 괜찮다.

또, 누군가에게 도움이 되는 '엄격한 규율'도 당신을 한 단계 더 좋은 사람으로 만들어준다.

부처도 **수행은 필요하다**고 했다.

부처가 말한 무의미한 것은 어디까지나 단순히 괴롭기만 한 고행을 말한다.

부디 고행을 수행이라고 착각해서 '고행을 위한 고행'을 계

속하지 않길 바란다.

고행을 위한 고행은 그저 자신에게 독이 될 뿐이며, 자칫 마음이 무너져 내려 모든 것을 포기해버리고 싶어질지도 모른다.

고행의 무의미함을 깨닫고 단념한 싯다르타는 그 후 시골 처녀 수자타가 만들어준 우유죽을 먹고 체력을 회복한 뒤 가야(Gaya)라고 하는 마을의 보리수나무 아래에서 좌선한 채 명상을 시작한다.

그리고 49일간의 명상 끝에 깨달음에 이르렀다고 전해진다.

그 마을은 후에 싯다르타가 붓다가 된 지역이라고 해서 '부다가야'라고 불리게 되었다고 한다.

매일 괴로움에 힘들어하는 당신. 당신이 힘겹게 견디고 있는 괴로움은 수행인가? 아니면 고행인가?

대화는 이미 시작되었다

어느 엄마와 아들의 흔한 풍경.

학교를 마치고 집에 온 초등학교 1학년 아들이 평소처럼 학교에서 있었던 일을 두서없이 엄마에게 보고하기 시작했다.

주어와 목적어도 명확하지 않은 내용의 이야기를 듣고 있는 엄마는 컴퓨터 앞에 앉은 채 형식적인 대답을 반복하고 있었다.

엄마의 진심이 없는 대응에 화가 난 아들은 갑자기 엄마에게 큰 소리로 이렇게 말했다.

"내가 지금 세상에서 제일 중요한 거 말하고 있는지도 모르잖아!"

아들에게 이런 말을 들은 엄마는 깜짝 놀라 자신의 태도를 크게 반성했다고 한다.

이번에는 어느 컨설턴트의 이야기.

그가 존경하는 대선배가 있는데, 그 선배는 자신이 말을 걸면 언제든 하던 일을 멈추고 자신 쪽으로 몸을 돌려 눈을 바라보면서 "왜?"라고 대답한다. 언제가 되었든, 무슨 일을 하고 있든 무조건 말이다.

그냥 툭 건넨 말에도 언제나 손을 멈추고 자신을 바라보는 선배에게 "그다지 중요한 이야기는 아닙니다. 일을 멈추게 할 생각은 아니었는데, 죄송해요"라며 사과하고 이야기를 시작한 적도 있었다.

상대가 말을 걸어왔을 때 상대에게 시선을 맞추는 자세는 커뮤니케이션의 기본이다.

컨설턴트가 존경하는 대선배는 대화할 때 시선의 중요성을 잘 알고 있는 사람이다.

대선배의 철저한 자세까지는 아니더라도 다른 사람이 자신에게 말을 걸 때 적어도 시선만큼은 상대를 향하여 최소한의 예의를 표현할 줄 아는 사람이 되고 싶다. 다른 사람과 시선을 맞추는 것이 힘든 사람(사실은 나도 잘하는 편은 아니다)은 상대의 눈이 아니라 미간을 보는 것이 좋다고 한다.

마지막으로 상대에게 대화를 거부당한 어느 심리치료사의 이야기.

학교에 나가지 않으려는 고등학생이 부모의 손에 억지로 이끌려 심리치료사 선생님에게 온 일이 있었다.

학생은 상당히 화가 났는지, 선생님 앞에 놓인 의자에 앉자마자 빙 돌아서 등을 보이고 있었다.

사람과 사람 사이의 의사소통이라는 관점에서 이보다 더한 실례는 없을 것이다.

그러나 심리치료사 선생님은 이 학생의 태도를 보고 이렇게 생각했다고 한다.

'오호, 꽤 알기 쉬운 아이가 왔네.'

선생님은 왜 이렇게 생각했을까.

학생은 선생님에게 **의자를 돌려 등을 보이는 태도**를 통해 **'너한테 내가 말을 할까 보냐!'**라는 강력한 메시지를 보내고 있는 것이기 때문이다.

즉, 선생님은 '대화는 이미 시작되었다'라고 느낀 것이다.

실제로 선생님이 "이런, 나와 대화할 생각이 없나 보구나"라고 유인하자, 학생이 갑자기 돌아서더니 "당연하지! 이런 데를 데리고 올 생각을 한 부모도 어이가 없다고!"라며 바로 속

깊은 이야기가 시작되었다고 한다.

말이 없어도 대화는 시작된다.

아니, 오히려 인간관계에서 말 없는 대화가 더 많을지도 모른다.

'말 없는 대화'를 바라볼 줄 아는 사람이 되고 싶다.

2장

다정함에
포근히
감싸이다

마음이 편안해지는 이야기

친절한 규칙 위반

세상 모든 곳에는 온갖 규칙이 존재한다.

규칙이 생긴 배경에는 그 나름의 이유가 있기 때문에 당연히 지키는 편이 좋다.

그러나 때때로 룰을 '작은 거짓'을 사용하여 어길 때 그곳에 다정함이 피어나기도 한다.

내가 존경하는 모 대학 강사 M 씨의 이야기이다.

어느 날 국립대학의 강당 앞을 지나다가 문득 강당 안을 둘

러보고 싶어진 M 씨는 안내 데스크의 여성에게 물었다.

M 씨 "저기, 강당 안을 견학해보고 싶은데, 가능할까요?"

안내 "오늘은 이벤트가 개최되고 있습니다. 이벤트에 참가 하시겠습니까?"

M 씨 "아니요, 잠깐 안을 보고 싶을 뿐이에요."

그날은 운이 안 좋게도 이벤트가 열리는 날이어서 입장권을 사지 않으면 강당에 들어갈 수 없었다. 그러자 안내 데스크의 여성은 이렇게 말했다.

안내 "저, 화장실 가고 싶지 않으신가요?"

M 씨 "아, 네! 가고 싶습니다."

안내 "그럼 어서 강당 안에 있는 화장실을 사용하세요."

안내 데스크의 여성이 세련된 기지를 발휘해준 덕에 M 씨는 강당 안을 볼 수 있었다. '이벤트가 있는 날은 입장권이 없으면 강당 안에 들어갈 수 없다'는 규칙을 작은 거짓을 사용하여 깨준 여성의 상냥함은 그야말로 감동을 주는 서비스였다.

또 하나, 비슷한 이야기가 있다.

버라이어티 방송 〈웃어도 좋다고!〉는 수 년 동안 평일 정오 시간을 책임졌던 인기 프로그램이다. 이 프로그램의 사회자인 다모리 씨는 '일본 정오의 얼굴'과도 같은 존재라고 한다.

하지만 시작할 당시만 해도 다모리 씨의 이미지는 지금과는 달랐다. 그 당시 '다모리'라고 하면 화려한 안대를 붙이고, 이구아나 형태모사를 하고, 엉터리 외국어로 마작을 하는 등, 약간 사차원 개그를 하는 독특한 예능인이라는 이미지가 강했다.

TV 방송도 〈오늘밤은 최고!〉 같은 심야방송에나 나올 뿐이던 다모리 씨를 '정오의 얼굴'로 발탁한 사람은 후지TV 방송국의 요코자와 다케시 프로듀서였다.

요코자와 씨는 다모리 씨를 〈웃어도 좋다고!〉에 기용하려고 〈오늘밤은 최고!〉에서 다모리 씨를 발굴한 나카무라 고이치* 씨에게 인사하러 갔다고 한다. 요코자와 씨가 나카무라 씨를 찾은 이유는 단순히 '밤의 예능인'을 '정오의 탤런트'로 기용하는 것에 대한 의례적 인사가 목적이었다.

"다모리를 정오 방송에 기용하고 싶어요"라고 말하는 요코자와 씨에게 나카무라 씨는 이렇게 말했다고 한다.

"다모리는 안 돼. 하지만 모리타 가즈요시가 무슨 일을 하든 내가 관여할 수는 없지."**

그렇다. '밤의 예능인 다모리'라는 캐릭터가 정오 방송에 나

....

* 닛폰TV 〈오늘밤은 최고!〉의 제작 책임 프로듀서였다.
** 다모리의 본명.

오는 것은 허락하기 힘들지만, 모리타 가즈요시라는 사람이 정오 방송에 나오는 것은 내가 상관할 일이 아니다'라며 은근한 허락을 내려준 것.

이런 작은 궤변을 통한 친절함으로 다모리 씨는 〈웃어도 좋다고!〉의 사회자로 발탁되었다. 〈웃어도 좋다고!〉의 정식 방송 타이틀이 〈모리타 가즈요시의 시간, 웃어도 좋다고!〉였던 것에는 깊은 사연이 있었던 것이다.

규칙에 얽매이지 말고 상황에 따라서는 작은 눈속임으로 '친절한 규칙 위반'을 해보자. 그러면 무언가 멋진 일이 일어날 것이다.

떠날 때 남긴 멋진 한마디

개그 콤비 두 사람 중 한 사람만 잘나가는 경우는 연예계에서 흔한 이야기이다.

혼자 활동하는 개그맨이라고 생각한 사람이 알고 보니 원래는 콤비였다는 사실에 한 번 놀라고, 그 콤비 중 다른 한 사람은 얼굴도 이름도 전혀 모르는 사람이라서 또 한 번 놀란 적이 있다.

아무리 종종 있는 일이라지만 만약 자신의 파트너만 잘나가서 그 사람만 방송에 자주 얼굴을 비춘다면 어떤 기분일까.

분명 그러지 말아야지 하면서도 자괴감에 빠지고 안타까운 마음이 들지 않을까.

이번 이야기는 최근 TV에서 보이지 않는 날이 없을 정도로 인기 최고의 콤비인 하카타 하나마루 씨와 다이키치 씨의 에피소드이다.

나는 두 사람의 개그를 좋아하는데, 특히 하나마루 씨의 '흔한 삼촌' 연기는 배를 잡고 웃을 정도이다. 또한 퀴즈 방송 〈패널 퀴즈 어택 25〉의 사회자 고다마 기요시를 흉내 내는 하나마루 씨의 연기는 단연 일품이다. 하지만 처음부터 이 두 사람이 모두 인기가 있었던 것은 아니었다.

지금이야 다이키치 씨도 적재적소에 재치 있는 말을 할 수 있는 주요 패널이나 해설자로서 인기가 있지만, 한때는 하나마루 씨만 방송에 나오던 시기가 있었다.

개그 콤비 중 한 사람만 잘나갈 경우 방송 스태프는 두 사람의 대기실에 와서 한 사람과만 회의를 한다고 한다. 그렇게 되면 회의에 참여하지 못하는 쪽은 자신들의 대기실임에도 불구하고 앉아 있을 곳이 없어지고, 먼저 돌아가자니 열등감을 느끼게 되어 이도저도 못하는 상황에 빠져 괴로워진다.

다이키치 씨도 그 시기에는 정확하게 그런 입장이었다고 한다.

그러나 당시의 다이키치 씨는 다른 사람들과는 달리 실로 멋진 대응을 보였다.

두 사람의 대기실에 방송 스태프가 찾아와서 자신과 관계없는 회의를 시작했을 때.

다이키치 씨는 언제나 이 말을 스태프에게 전하고 멋지게 대기실을 나와 먼저 퇴근했다고 한다.

그 말은……

"제 짝꿍 잘 부탁드립니다."

개그 콤비 중 인기가 없는 쪽은 언제나 어색한 얼굴로 최대한 조용하게 조심히 나가는 사람들이 대부분이었고, 이렇게 멋진 말을 스태프에게 남기고 대기실을 떠나는 사람은 다이키치 씨뿐이었다. 이러한 태도는 방송 스태프들에게도 큰 인상을 남겼으며, 관계자들이 그를 눈여겨볼 정도로 감탄스러운 태도였다고 한다.

이 일을 계기로 다이키치 씨에게 조금씩 일이 늘어나면서 이번에는 반대로 하나마루 씨가 먼저 대기실을 떠나는 날이 생겼고, 하나마루 씨 역시 "제 짝꿍 잘 부탁드립니다"라는 말을 남기고 대기실을 나갔다고 한다.

이렇게 두 사람이 멋진 한마디를 남기고 대기실을 떠나는 동안, 방송가에서는 **이런 콤비는 또 없을 것**이라며 두 사람의 **평판이 높아져 갔다.**

그리고 이 두 사람은 다를 것이라며 콤비의 주가가 점점 올라갔다.

자신이 인기가 없음에도 불구하고 파트너를 보살피는 여유 있는 한마디.

한마디의 말에 깊은 뜻이 담겨 있다.

잘나가는 상대를 질투하거나 비참한 마음에 비굴해져서 쥐 죽은 듯 조용히 대기실을 빠져나가는 사람과 상대를 응원하는 말을 남기고 멋지게 떠나가는 사람.

당신이 방송 스태프라면 어느 쪽의 사람과 일하고 싶겠는가.

답은 생각할 필요도 없다.

다른 사람에게 신용과 신뢰를 얻는 행동은 특별한 행동이 아니다. 이렇게 작은 말 한마디만으로도 큰 효과를 얻는다.

나는 그렇게 생각하는데, 당신은 어떠한가.

보이지 않는 국경

'첫 인상이 90퍼센트'라는 말이 있다.

그러나 인상이 무서운 사람이 알고 보니 다정한 성격인 경우도 의외로 많다.

나도 험상궂은 얼굴의 아저씨가 전철 노약자석에 앉아 있다가 할머니를 보자 재빠르게 자리를 양보하는 모습을 본 적이 있다.

그 순간 험상궂은 얼굴이 순식간에 사람 좋은 얼굴로 바뀌면서 그 사람에 대한 인상이 180도 바뀌었다.

이렇게 한순간 인상이 바뀐 이야기라고 하면 재미있는 만화가 하나 생각난다.

쇼지 사다오 씨가 그린《단마 군》은 희비가 교차하는 회사원의 일상생활을 담고 있다.

1968년부터 지금까지《슈간분춘(週刊文春)》*에 연재되고 있는 작품으로, 그중 이런 이야기가 있다.

서서 마시는 주점에 간 주인공 단마 군.

이런 주점의 특성상 모르는 사람과 같은 테이블을 공유하기도 하는데, 단마 군 앞에 마주 선 사람은 비싸 보이는 정장을 입은 노신사였다. 아무래도 어느 회사의 중역 같았다.

노신사와 마주한 단마 군은 지금 내심 짜증이 난 상태이다. 왜냐하면 노신사의 안주 하나가 테이블 정중앙에, 그것도 자

* 출판사 분게슌슈(文藝春秋)에서 발행하는 주간지.

신의 쪽으로 조금 더 치우쳐져 있었기 때문이다.

서서 마시는 주점에는 테이블 정중앙에 '보이지 않는 국경'이 있어서 모르는 사람과 테이블을 공유할 땐 자신의 안주가 이 국경을 넘지 않도록 조심해야 하는 것이 암묵적인 룰이다.

앞에 있는 노신사는 아무렇지도 않게 국경 너머로 자신의 안주를 턱 하니 내려놓고 있으니, 단마 군은 뭐라고 한마디 해줘야겠다고 단단히 벼르고 있었다.

그러던 차에 노신사의 안주가 더 늘어났고, 이번에도 아주 당당하게 테이블 정중앙에 늘어놓는 것이 아닌가. 단마 군은 더 이상 참지 못하고 한마디 할 요량으로 "음, 저기요"라며 입을 떼려는 순간, 노신사는 상냥한 미소를 띠며 이렇게 말했다.

"제가 소식가라서, 테이블 위에 있는 안주는 사양하지 마시고 드세요."

끓어오르던 화가 순식간에 사라져버렸다. 단마 군, 금세 헤벌쭉 웃으며 "앗! 그럼 사양치 않고, 감사합니다"라며 넙죽 안주를 먹는다. 이 만화의 재미는 바로 이 부분이다.

일상생활에서 있을 법한 이런 이야기는 한바탕 웃고 나면
생각에 잠기게 한다.

예를 들면 건방진 태도 때문에 못마땅해하던 상대가 "항상
신세를 많이 지고 있어요"라며 건넨 명절 선물을 받았을 때의
기분.

또 다른 예로, 정말 싫어하던 상사가 "항상 도와준 게 고마
워서 출장 다녀온 김에 사 왔네"라며 조금 비싼 선물을 건넸
을 때, 심지어 받아든 선물이 자신이 아주 좋아하는 선물이었
을 때의 기분.

명절 선물이나 출장 선물은 사실 아주 작은 선물이다.

그 작은 선물로 한순간 '어? 뭐지? 알고 보면 나쁜 사람이 아
니었을지도?'라며 상대에 대한 견해가 확 바뀌는 경우가 있다.

어느 중소기업의 사장이 사원들과 사이가 좋지 못해 고민

하고 있었다고 한다. 고민을 들은 컨설턴트는 사장에게 이런 조언을 했다.

"사원들에게 '고맙다'는 말을 해보세요."

컨설턴트의 조언을 듣고 사장은 평소와 똑같이 일을 하고 있는 사원들에게 과자를 사서 나눠주며 **"언제나 힘내줘서 고맙네"**라는 말을 해보았다.

그러자 놀랍게도 삐걱거리던 분위기가 차츰 사라지더니, 사원들과 술자리도 갖게 될 만큼 관계가 좋아졌다고 한다. 예전에는 생각하지도 못한 발전이다.

어긋난 관계의 방향 전환을 위해서는 엄청난 결심보다 작은 행동에서 전환의 포인트를 찾을 수 있다. 그다지 관계를 개선하고 싶지 않은 상대라면 상관없지만, 업무로 매일 얼굴을 마주해야 하는 상대라면 좋은 관계까지는 아니더라도 보통의 관계로는 바꿔둘 필요가 있다.

관계 개선의 포인트는 **의외의 낙차**이다.

주위 사람들이 당신을 차갑다고 느낀다면.

당신의 다정한 말 한마디는 다른 사람보다 100배의 효과가 있다는 사실을 유념하길 바란다.

목숨을 건 충언

　다른 사람에게 주의를 받고 울컥 화가 난 경험은 누구나 있을 것이다.

　물론 상대의 충고가 자신을 위한 말이었다는 사실은 잘 알고 있다.

　하지만 자신의 행동이 부정당했다는 마음에 순간 말대꾸를 해버리고 만다.

　가는 말이 고와야 오는 말이 곱다고, 나름 좋은 마음으로 해준 조언에 화부터 내니 상대도 기분이 나빠져서 결국 언쟁으로 번지게 된다.

언쟁으로 끝나버린 조언은 상대로 하여금 두 번 다시 충고해주지 않겠다고 마음먹게 하여, 결과적으로 득이 하나 없는 나쁜 결말이 되어버린다.

다른 사람의 충고를 그대로 받아들이지 못하는 당신에게 일본 막부 시대의 초대 장군인 도쿠가와 이에야스의 일화를 들려주려고 한다.

도쿠가와 이에야스가 미카와*에 있던 때라고 하니, 아직 서른이 되기 전 젊은 성주 시절의 이야기이다.

어느 날.

이에야스는 성을 둘러싸고 흐르는 수로에서 자신의 허락 없이 물고기를 잡는 사람과 사냥 금지 구역에서 새를 잡는 사람들을 감옥에 넣었다.

....

* 아이치현의 옛 지명.

이에야스의 이러한 행보에 가신 중 한 사람인 스즈키 규자부로는 화가 났다.

규자부로는 무슨 생각이었는지, **이에야스 성 안에 있는 연못에서 잉어를 잡아 요리하고, 이에야스가 오다 노부나가***에게서 받은 소중한 술을 꺼내 들고 잉어를 안주 삼아 멋대로 마셔버렸다.**

이를 안 이에야스는 당연히 불같이 화를 내며 바로 규자부로를 불러들였다.

그때 이에야스의 손에는 긴 장검이 들려 있었다고 하니, 이에야스는 규자부로가 어떤 대답을 하느냐에 따라 그 자리에서 직접 처형할 생각도 했을 만큼 화가 나 있었음을 알 수 있다.

이에야스 앞에 나타난 규자부로는 사죄는커녕 주군인 이에야스를 향해 이렇게 말했다.

....

* 일본 전국 시대에 통일의 기반을 닦은 무장.

"고작 물고기 하나에 사람의 목숨을 빼앗는 자에게 천하가 들어오겠습니까!"

규자부로는 "하인이 고작 물고기와 새를 잡은 일에 불같이 화를 내며 처형하는 것은 그릇이 큰 사람의 행동은 아니라고 생각합니다"라고 직언했다.

그 당시 가신이 주군에게 직접 반대 의견을 말하는 행위는 목숨을 내놓는 행동이었다. 주군의 성격에 따라 정말 그 자리에서 처형당하는 것이 당연한 시대였다.

그러나 이에야스는 이성적인 사람이었다. 화를 내기는커녕 오히려 충신의 말에 자신을 돌아본 뒤 규자부로에게 감사의 말을 전했고, 바로 감옥에 잡아들인 사람들을 풀어주었다.

이에야스는 평소 이런 말을 자주 했다.

"전쟁에서 업을 세우는 것도, 군주에게 직언을 하는 것도 모두 같은 공이다. 그러나 전쟁에서의 공은 언제나 칭찬을 받지만, 직언은 자신이 따르는 주군에게 죽임을 당할지도 모른다. 죽음을 각오한 끝에 주군을 위해 바치는 충언이라면 **이것이 야말로 가장 높은 공이다.**"

역시 후에 천하를 가진 그릇이다.

이에야스는 가신이 바친 충언의 소중함을 잘 알고 있었다.

누구나 자신을 위한 충고임을 잘 알고 있으면서도 좀처럼 있는 그대로 받아들이지 못할 때가 많다.

특히 상대가 자신보다 아랫사람이라면, 아무리 옳은 말이라도 머리로는 이해하지만 충고를 받으면 그 순간은 화가 난다.

그럴 때는 이에야스의 일화를 떠올려보자.

'이번에는 한번 이에야스처럼 큰 그릇을 보여줄까'라는 생각으로, 조언해준 상대에게 감사의 말을 건네보자.

감사의 마음을 보이면, 조언해준 사람도 자신의 조언이 받아들여졌다는 사실에 기뻐서 다음에도 더 좋은 어드바이스를 주저 없이 해줄 것이다.

주위 사람들도 넓은 도량을 지닌 당신을 높이 평가할 테니, 플러스 효과의 선순환이 일어난다.

하나면 충분합니다

최근 알게 된 말 중 아주 마음에 드는 말이 하나 있다.

'센스는 있는 척하기 힘들다.'

센스가 좋은 사람을 흉내 내기 위해서는 세세한 부분까지 신경을 써서 다른 사람이 기뻐할 만한 일을 해야 하는데, 사실 그렇게까지 흉내 낼 수 있는 사람은 이미 센스가 좋은 사람이다.

따라서 '센스가 좋은 사람'이 될 수는 있지만 '흉내만 내기'

란 불가능하다.

실로 참된 이치이다.

센스가 좋다는 것은 무엇을 의미할까.

센스가 좋은 서비스를 제공할 줄 아는 음식점이라면, 자연스레 다시 발길을 찾는 사람들이 생겨나고 단골도 꾸준히 늘어난다.

공간 프로듀서이자 비즈니스 컨설턴트인 우지케 슈타 씨에게는 **가게에 들어서는 순간, 그 가게가 좋은 가게인지 아닌지를 파악하는 방법**이 있다.

우지케 씨의 의하면, 가게에 손님이 들어서면 직원들 중 이를 알아차리고 "어서 오세요!"라고 선창을 하는 직원이 있는데, 그 순간 선창한 직원을 제외한 다른 직원들을 살펴보면 그 가게가 정말 좋은 가게인지 알 수 있다고 한다.

만약 센스가 좋은 가게라면, 직원 한 사람이 인사를 하는 순간 나머지 직원들도 자신의 일을 멈추고 입구로 눈을 돌려 내

점하는 고객의 얼굴을 보고 다 같이 인사한다.

그 일이 요리든 서빙이든 무엇이든, 반드시 하던 일을 멈추고 고객을 바라본다.

진심으로 손님을 환영한다면 '어떤 고객이 찾아와 주었는지' 눈으로 확인하는 것이 당연하다.

손님에게 눈길도 주지 않은 채 말로만 크게 "어서 오세요!"라고 소리치는 가게에서는 훌륭한 서비스를 기대할 수 없다. 그런 가게에서는 물 한 잔 받을 때에도 몇 번의 수고가 필요할지도 모른다.

센스가 좋은 가게에 관한 이야기 중 하나를 더 소개하자면, 대인 관계에 관한 많은 저서를 출간한 작가 무카이다니 다다시 씨가 술집에 갔을 때 있었던 일화이다.

무카이다니 씨 일행이 오징어 회 두 접시를 주문하려고 하자 점장은 이렇게 말했다.

"손님, 세 분이시면 한 접시로도 충분합니다."

이 말에 무카이다니 씨는 양심적인 점장이라고 생각해서
"그럼 오징어 회를 한 접시 주시고요, 가다랑어 회도 먹을까?"
라며 다른 요리도 함께 주문했다고 한다.

이런 센스는 가게의 입장에서 어쩌면 손해가 될지도 모르
지만, 그럼에도 불구하고 '한 접시면 충분하다'고 어드바이스
를 한다.

이렇게 어드바이스를 하면 고객은 다른 안주를 주문하거나
혹은 진솔한 태도에 단골이 될 가능성이 높아져서, 결과적으로
'득이 되는 센스'임을 주인은 경험을 통해 알고 있는 것이다.

반대로 센스가 없는 가게는 세 사람이 와서 오징어 회 두 접시를 시키면 그냥 큰 접시 두 개에 나눠서 내오고, 손님은 '이렇게 클 줄 알았다면 하나만 시켜도 될 뻔했는데, 말 좀 해 주지'라며 가게 점원에게 실망한다.

실망한 손님은 다시는 그 가게를 찾지 않을 테니, 결과적으로 단 한 접시만 득이 되는 장사를 한 꼴이다.

직장 생활에서도 마찬가지이다. 눈치 빠르게 일을 하는 사람에게는 좋은 일이 몰린다.

눈치 빠른 사람은 평생 이득을 보는 선순환이 이어지고, 눈치가 없는 사람은 손해만 보는 악순환이 이어진다.

이렇게 생각하면 **센스가 좋다는 것은 좋은 인생을 보내기 위한 허가증**인 셈이다.

흉내라도 좋으니 센스가 좋은 사람이 되고 싶다.

하얀 거짓말

망어에 대해 이야기해보자.

물고기 망어가 아니라 망어(妄語), 즉 거짓말이 이번 이야기의 주제이다.

심리학적으로 거짓말의 종류에는 12가지가 있다.

1. 약속 파기

약속을 지키지 못하여, 의도하지는 않았지만 결과적으로

는 거짓말이 된 경우

2. **착각**

　지식 부족 등을 이유로, 의도하지는 않았지만 결과적으로는 거짓말이 된 경우

3. **장난**

　신뢰할 수 있는 상대를 놀리기 위해 농담으로 속이는 경우

4. **허세**

　허영심에 거짓말을 하고, 자신을 꾸미는 경우

5. **위증**

　알리바이 등, 죄를 숨기기 위해 거짓말을 하는 경우

6. **타산**

　금전적으로 이익을 얻기 위해 거짓말을 하는 경우

7. **합리화**

　'그때는 ○○였기 때문에 실패했다'라는 변명을 위해 거짓말을 하는 경우

8. **예방책**

싫어하는 사람에게 초대를 받은 날, '그날은 ○○이 있어서'라는 이유로 만남을 거절하는 등, 예상되는 트러블을 피하기 위해 거짓말을 하는 경우

9. 모면

지각에 대한 변명처럼 순간적으로 거짓말을 하는 경우

10. 능력·경력

상대보다 우위에 서기 위해, 학력 사칭 등 거짓으로 자신을 소개하는 경우

11. 응석

꾀병처럼 자신에 대한 이해를 구하기 위해 거짓말을 하는 경우

12. 배려

상대에게 상처를 주지 않기 위해 거짓말을 하는 경우

거짓말에는 이렇게 다양한 종류의 거짓말이 있는데, 하나하나 살펴보면 '어쩔 수 없는 거짓말', '실없는 거짓말', '창피

한 거짓말', '해서는 안 되는 거짓말', 그리고 '하는 편이 더 좋은 거짓말'로 나눌 수 있다.

이 중 '하는 편이 더 좋은 거짓말', 즉 하얀 거짓말이란 12번째 거짓말인 배려의 거짓말이다.

하얀 거짓말은 사실 꼭 필요한 거짓말이다.

상상해보자. 새 옷을 산 연인이 "이 옷 잘 어울려?"라고 묻는다. 만약 하얀 거짓말이 없는 세상이라면 "아니, 전혀 안 어울려. 돈을 하수구에 버린 것 같은데"라는 엄청난 말을 하는 일이 벌어지고 아마 목숨이 남아나질 않을 것이다.

인간관계를 원만하게 이어나가기 위해서 하얀 거짓말은 필요하다.

배려의 거짓말을 활용하면 "이 옷 잘 어울려?"라는 연인의 질문에 "오, 예쁜 무늬네. 좋은 거 샀다"라고 말할 수 있게 되고, 더 나아가 "항상 입는 옷도 좋은데, 가끔은 이런 옷도 괜찮다"라며 은근슬쩍 원래 입던 옷이 더 괜찮다는 뉘앙스를 풍길 수도 있다.

또 하나, 내 생각으로는 12가지 거짓말 외에 13번째로 **상대를 기쁘게 하기 위한 거짓말**도 있다.

예를 들면 생일을 완전히 잊고 있는 척하다가 갑자기 짜잔, 하고 선물을 내미는 깜짝 선물이 대표적이다.

하얀 거짓말과 서프라이즈 거짓말, 이 두 거짓말만 하는 거짓말 장인이 되어보는 것은 어떤가.

오드리 헵번의 미용법

대배우 오드리 헵번.

오드리 헵번 하면 영화 〈로마의 휴일〉이 단박에 떠오를 만큼 그녀는 전 세계적으로 유명한 배우이다.

할리우드 배우로 유명하지만, 사실 그녀는 벨기에의 수도 브뤼셀에서 태어났다.

그녀의 범접할 수 없는 기품은 네덜란드 귀족인 그녀의 어머니에게서 물려받은 것일지도 모른다.

그녀에게 〈로마의 휴일〉의 공주 역할은 그야말로 딱 맞는 역할이었다.

네덜란드가 본가인 어머니와 영국 회사와 관계가 깊은 일을 했던 아버지의 영향으로 유럽의 여러 국가를 자주 다닌 덕분에 오드리 헵번은 영어, 네덜란드어, 프랑스어, 스페인어, 이탈리아어에 능통했다고 한다.

연예계를 은퇴한 후 세계 곳곳을 다니며 봉사활동을 한 그녀는 나이가 들어도 꾸준히 아름다운 미모를 유지했다.

어느 날 오드리 헵번은 "아름다운 입가를 유지하기 위해 평소 꾸준히 하는 미용법이 있나요?"라는 기자의 질문에 이렇게 대답했다.

"음, 그래요. 저는 최대한 아름다운 말만 하려고 노력해요."

아름다운 말이란 어떤 말일까.

"감사합니다."

"멋지네요."

"훌륭해요."

"힘내세요."

"사랑해요."

분명 이런 말일 것이다.

반대로 오드리 헵번이 입에 올리지 않으려고 한 나쁜 말은
무엇일까.

구체적으로 거론하지는 않겠지만, 분명 차별적인 표현이나
폭력적인 말, 다른 사람의 험담 따위일 것이다.

마이크로소프트사가 AI(인공지능)를 트위터에서 일반인과 대
화하게 하여 언어의 자동 학습 실험을 한 적이 있다.

실험 초반에는 학습이 순조롭게 진행되었지만, 인종차별과
관련된 단어와 폭력적인 단어를 배우기 시작하는 순간부터
실험은 제대로 진행되지 못했다.

옳지 못한 표현에 대해서 전혀 불쾌함을 느끼지 못하는 **순
진무구한 상태인 AI는 아무런 저항 없이 흡수하고 학습해버**

렸고 점차 폭언을 일삼게 되었다.

위험을 느낀 마이크로소프트사는 AI를 트위터에 공개한 지 불과 16시간 만에 실험 중지를 선언했다.

나쁜 말은 단 16시간 만에 아무것도 모르는 순진한 아이와 같은 AI를 나쁘게 변모시켰다.

나쁜 말의 영향력을 느낄 수 있는 실험이다.

다시 오드리 햅번 이야기로 돌아와서, 그녀는 이런 말도 남 겼다.

"잊지 마세요. 나이가 들어가면서 자신에게는 두 가지의 손 이 생긴다는 것을. 하나는 자신을 돕는 손, 또 하나는 다른 사 람을 돕는 손입니다."

자신뿐만 아니라 다른 사람을 위해 살아가는 사람은 우아 함과 동시에 강인함을 지니고 있다.

그런 품성이 내면에서 솟아 나왔기 때문에 햅번은 세월이 흘러도 여전히 아름다웠던 것이 아닐까.

힘을 주는 한마디

이 이야기는 나의 지인 N 씨의 이야기이다.

회사원인 N 씨는 판매 회사에 신입으로 입사한 이래 계속 총무부에서 사무직을 담당해왔다.

그러던 어느 날 갑자기 인사부장의 호출을 받고 간 자리에서 사장 비서 업무를 제안받았다.

나도 회사에서 근무할 당시, 어느 날 아침 갑자기 인사과장이 찾아와서는 사장 비서 업무를 홍보 업무와 겸임해서 맡아

췄으면 좋겠다는 제안을 받은 적이 있다.

사장 비서직을 제안받았을 때는 사장 비서 업무가 무엇인지 정확하게 몰라서, 어떤 업무를 해야 하는지가 제일 먼저 떠오른 의문이었다.

전임자에게 인수인계를 받고 난 다음, 사장의 스케줄 관리와 약속 조정, 비행기나 열차 티켓과 같은 이동수단 예매, 회식 장소 섭외 등 업무를 하나씩 파악해나갔다. 일반 사무직과는 전혀 다른 업무였기 때문에 처음에는 아주 불안했다.

N 씨도 나처럼 인사부장의 제안을 받아들이긴 했지만 아주 불안했다고 한다.

며칠 고민할 시간을 받은 N 씨는 역시 '고사하는 게 나으려나'라며 진심으로 걱정했다.

그런 N 씨의 불안을 한 번에 날려준 사람은 같은 직장의 선배였다.

N 씨가 선배와 가진 술자리에서 사장 비서직을 제안받은

것과 자신이 그 일을 잘 해낼 수 있을지에 대한 불안한 마음을 솔직하게 털어놓자, 선배는 N 씨의 어깨를 두드리며 이렇게 말했다고 한다.

"너라면 괜찮아."

선배는 다정한 말이나 친절함과는 거리가 먼, 오히려 아주 엄격하게 지도하는 사람이었기 때문에, 그런 선배의 틀림없다며 보증한다는 말 한마디가 N 씨의 불안을 순식간에 날려보냈고 자신감과 의욕을 끓어오르게 했다.

단 한마디의 격려가 자신감을 채워준 것이다.

할리우드를 대표하는 배우 중 한 사람인 메릴 스트립이 미국 전 영부인인 미셸 오바마 여사와의 대담에서 의외의 말을 했다.

"나의 은사는 돌아가신 어머니입니다. 그녀가 있으면 방은 금세 밝아졌죠. 그래서 그녀가 세상을 떠났을 때는 모두가 아주 슬퍼했습니다. 어머니는 제게 이런 말을 자주 했습니다. '**메릴, 너에게는 재능이 있단다. 너는 언제나 훌륭해.**'

저는 어머니처럼 밝은 성격이 아니었죠. 오히려 내향적인 사람이었어요. 그래서 더욱 그녀가 제게 남겨준 말에 의지했습니다. 스포트라이트 앞에 서 있을 때면 언제나 어머니의 말을 떠올리고, 스스로에게 이야기했어요. '**메릴, 너라면 할 수 있어!**'라고요."

스크린 안에서 모두를 압도하는 그녀가 속으로는 이렇게 생각하고 있었다는 점에 놀랐다.

이 역시 언어의 힘을 통해 자신감을 얻은 좋은 예이다.

우리 모두가 누군가에게 힘을 주는 말을 할 줄 아는 사람이 되었으면 좋겠다.

여담이지만, N 씨는 현재 사장 비서 업무를 멋지게 해나가고 있다.

트러블메이커의 세 가지 유형

중국 고전 중에 《채근담》이라는 책이 있다.

홍자성이라는 저술가가 남긴 수필집이다.

주된 내용은 '사람과 사람 사이의 관계를 잘 해나가기 위해서는 어떻게 행동해야 하는가'와 '넓은 마음으로 인생을 살아가기 위해서는 어떤 자세가 필요한가'라는, 시쳇말로 자기계발서와 같은 내용을 다루고 있다.

내용 중에 '인간관계에서 문제를 일으키지 않기 위한 마음가짐'에 대해 서술한 부분이 있는데, 읽어보면 지금 시대에도 딱 맞는 내용이다.

홍자성이 말하길 다음의 세 가지는 말해서도 행해서도 안 되며, 그렇지 않을 경우 필시 문제의 원인이 된다고 한다.

- 다른 이의 작은 실수를 비난하는 것
- 다른 이의 비밀을 또 다른 이에게 폭로하는 것
- 과거의 잘못을 다시 꺼내는 것

이 세 가지의 행동을 자주 범하는 '트러블메이커', 떠오르는 사람이 몇몇 있다.

당신의 머릿속에서도 주마등처럼 여러 사람이 떠오르지 않는가.

그와 동시에, 떠오른 사람들을 주변 사람들이 미워하거나 불편해하는 모습도 생각나지 않는가.

첫 번째로, 다른 이의 작은 실수를 비난하는 것.

이런 행동을 하는 사람은 **아주 속이 좁은** 사람이다. 자신의 실패에는 너그럽고, 다른 사람의 실패에는 엄격한 타입이다.

현미경으로 봐야 할 정도로 아주 작은 것마저 들추어낸다.

주변 사람들도 처음에는 그 사람의 말대로 대응해주지만 '하나하나 듣고 있으면 끝이 없기 때문에' 점차 그 사람의 말을 무시하게 된다.

두 번째로, 다른 이의 비밀을 또 다른 이에게 폭로하는 것.

이는 **여기에서만 하는 얘기를 즐기는** 사람이다.

이런 사람은 '여기에서만 하는 얘기'라는 말을 전제로 다른 사람의 비밀을 하나씩 꺼낸다.

퍼질 만큼 퍼져버린 비밀의 주인공이 발원지를 알아내어 그 사람과는 두 번 다시 말도 섞지 않게 되는 일이 자주 일어난다.

마지막으로, 과거의 잘못을 다시 꺼내는 것.

이는 **아주 귀찮게 구는 사람**이다.

이런 사람은 부하의 실패를 몇 년이 지나도록 기억하고 "그때 네가 실수만 안 했어도 지금은……"이라는 말을 계속 반복한다. 중간관리직 중에서도 지독하게 끈질긴 타입이다.

딱 잘라 말해서 대단히 그릇이 작은 사람이라 대부분의 경우 출세하지도 못하는데, 그 이유를 부하의 잘못으로만 생각하기 때문에 굉장히 성가신 부류이다.

이렇게 보면 먼 과거나 현대나 인간관계의 문제를 일으키는 인간 유형이 속이 좁은 사람, 여기에서만 하는 얘기를 즐기는 사람, 귀찮게 구는 사람이라는 점은 변함이 없다.

나도 굉장히 대단한 사람인 양 이야기하고 있지만, 앞서 말한 행동은 조금만 조심하지 않으면 누구라도 저지를 수 있을 법한 실수들이다.

우리 모두 조심해야 한다.

어른의 코멘트

일본 코미디언이자 영화감독인 기타노 다케시 씨를 메인으로 하는 심야 개그 프로그램에 관련된 일화이다.

이 방송은 무명의 젊은 개그맨들이 콩쿠르처럼 다케시 씨에게 차례차례 짧은 콩트를 보여주는 생방송 프로그램이다.

생방송으로 진행되기 때문에 아무래도 방송 시간에 제한이 있어서, 한 번 방송할 때마다 대체로 20팀 정도가 방송국에 오지만 방송에는 20팀 전부 나올 수 없을 때가 많다.

방송이 끝나고 방송에 출연했든 못했든 방송국에 온 모든 개그맨들이 다 같이 참여한 뒷풀이 현장에서 모두의 앞에 선 기타노 다케시 씨가 젊은 개그맨들을 향해 이런 인사말을 했다고 한다.

"오늘 방송에 나가지 못하여 그다지 기쁘지 않은 경험을 한 사람도 있을 것입니다. 같은 개그맨으로서 이렇게 방송에 나가지 못하는 사람이 생기는 개그 프로그램도 어처구니가 없다고 생각합니다. 그러나 괜찮다면 다시 또 도전해주시기 바랍니다.

또, 개그는 말이죠. 방송이나 현장에서 요구하는 부분이 있고, 분량의 길이를 그 자리의 분위기와 맞춰야 하는 부분도 있습니다. 앞으로는 그런 부분들까지도 유념해볼 필요가 있다고 생각합니다. 그런 부분들까지 생각하지 못한다면 아마 TV 출연 기회가 꾸준히 있기란 필시 어렵지 않을까……라는 생각을 하면서, 건방지게 여러분께 훈계 아닌 훈계를 해둡니다."

'기쁘지 않은 경험을 한 사람도'라든가, '또 도전해주시기 바랍니다'와 같은 멘트로 본 방송에 나오지 못한 무명 개그맨들의 억울함을 달래는 마음 씀씀이를 느낄 수 있다.

그러면서도 방송에 어울리지 않는 긴 콩트를 준비해온 젊은이들에게 쓴소리라고 해야 할지, 앞으로의 어드바이스라고 해야 할지, 선배로서 그들에게 해줄 수 있는 조언까지 기타노 씨는 잊지 않았다.

다정함과 엄격함을 모두 담은 말을 언제나 쑥스러워하며 말하는 모습에 그 자리에 있는 젊은 개그맨들은 모두 눈을 반짝이며 감격했다고 한다.

어른의 코멘트였다.

무명 개그맨들의 우상이라고 할 정도로 대단한 위치에 있는 사람이 그들에게 이런 말을 자연스럽게 건넬 수 있다는 점이 대단히 멋있다.

어린 친구들은 알지 못할지도 모르겠지만, 다케시 씨는 예전에 주간지 편집부 '습격'(편집부에 난입해서 소화기를 분사하는 등의 큰 소동) 사건을 일으킨 적이 있다.

그 당시 교제하던 일반 여성을 주간지 기자가 억지로 취재하려다가 여성이 크게 다치는 일이 생겼다. 그 일로 다케시 씨는 단단히 화가 났고, 자신을 따르는 후배들과 함께 주간지 편집부에 난입한 사건이다.

이유가 어떠하든, 그의 행동은 당연히 유죄였고 그는 징역 6개월, 집행유예 2년을 선고받았다. 다케시 군단의 증언에 의하면 이 사건으로 경찰에 연행되었을 때, 다케시 씨는 자신이 불러들여 습격에 가담한 멤버에게 **"미안하다, 너네는 내가 평생 책임진다"**라는 말을 했다고 한다.

원래 다케시 씨가 계획한 습격은 관련 기자를 딱 한 대만 때리고 편집부 전원과 함께 술을 마시며 털어버리는 것이었다고 한다.

만약 편집부가 걸어온 싸움에 법적 대응 없이 냉정하게 대처했다면 이런 어른스러운 결과로 마무리됐을지도 모른다.

자신보다 아랫사람에게 다정한 마음 씀씀이와 함께 꼭 필요한 조언을 할 수 있는 사람, 또 약자가 당한 일에 진심으로 분노하여 행동(조금은 과한)할 줄 아는 사람.

다케시 씨의 이런 점이 주변 사람들을 끌어당긴다는 생각이 들었다.

다케시 씨의 편집부 습격 사건에 관하여 멋진 어른의 코멘트를 남긴 또 한 사람이 있다.

바로 다모리 씨이다.

기자에게 사건에 대해 한마디 부탁한다는 말을 듣고 다모리 씨는 이렇게 대답했다.

"만약 내가 다케시에게 하고 싶은 말이 있다면, 만나서 직접 이야기하겠습니다. 친구끼리 중요한 이야기를 교내 방송에서 하는 바보 같은 녀석이 있겠습니까."

잘 알지도 못하면서 방송에 나와 사건에 대해 이러쿵저러쿵 이야기하는 다른 예능인들을 한 방에 눌러주는 멋진 말이었다.

이렇게 어른의 코멘트를 할 수 있는 사람이 되었으면 좋겠다.

3장

새로운
발견을
하다

한바탕 웃고 나면
홀가분해지는 이야기

냄새나지?

일본 속담 중 '냄새나는 물건에 뚜껑을 덮다'라는 말이 있다.

안 좋은 일이나 실패를 감추기 위해 임시방편으로 숨긴다는 의미의 속담이다.

이 속담과 살짝 뉘앙스는 다르지만 불편한 상황을 보고도 못 본 척하려다가 오히려 더 이상한 상황이 되어버린 어느 탤런트의 이야기이다.

그녀가 초등학생 시절, 학교에서 쓰레기 처리장으로 견학을 간 적이 있다.

견학을 가기 며칠 전부터 담임 선생님은 학생들에게 몇 번이나 못을 박았다고 한다.

"알겠죠. 견학하러 갔을 때 냄새난다는 말을 해서는 안 돼요. 공장에서 일하는 사람들에게 실례가 되는 말이에요!"

그 탤런트도 선생님의 주의에 마음속으로 '맞아, 맞는 말이야'라고 생각하며 절대 냄새난다는 말을 하지 않겠다고 굳게 다짐했다.

쓰레기 처리장 견학 당일.

쓰레기 처리 현장은 역시 상당히 냄새가 났다. 그래도 학생들은 담임 선생님의 주의를 떠올리며 한 명도 냄새난다는 말을 꺼내지 않았다.

본격적으로 견학이 시작되고, 쓰레기 처리장을 안내해주는 아저씨가 아이들에게 물었다.

"어떠니, 냄새가 많이 나지?"

그 말을 들은 아이들은 열심히 고개를 저으며 말했다.

"아니요, 냄새 안 나요."

대답을 들은 아저씨는 놀란 얼굴로 이렇게 말했다.

"너네, 단체로 코감기라도 걸렸니."

필요 없는 배려를 아이들에게 강요한 나머지 이상한 상황이 되어버렸다.

'진짜 배려란 무엇인가'를 생각하게 하는 이야기이다.

담임 선생님의 주의는 언뜻 보기에 배려 같지만, 사실 배려가 아니었던 것일까.

최근 초등학교 운동회에서 '달리기로 순위를 정하는 것은 안쓰럽다'는 선생님들의 배려로 경주 자체를 하지 않고 학생 전원이 바통 터치를 하며 한 사람씩 달리는 학교가 있다는 이야기가 떠올랐다.

아무리 생각해도 이런 것은 배려가 아니다.

쓰레기에서 냄새가 나는 것과 아이마다 달리기 속도가 다른 것은 모두 당연한 일이다.

앞서 이야기한 쓰레기 처리장 안내 아저씨의 경우도 그렇다.

"어떠니, 냄새가 많이 나지?"

"네. 엄청 냄새나요!"

"그래, 맞아. 냄새날 거야. 열심히 만든 음식도 쓰레기가 되면 이렇게 되어버리지. 그러니 가급적 반찬 투정하지 말고 무엇이든 맛있게 먹도록 하자."

"네!"

이런 대화를 하고 싶었는지도 모르지 않는가!

부자연스럽게 '냄새나는 물건에 뚜껑을 덮는 것'은 배려가 아니다!

그러나 데이트 중에 여성이 슬쩍 방귀를 뀌었을 때는 다른 문제이다.

여성이 당당하게 "어때? 귀여운 소리지?"라고 스스로 말하지 않는 이상(아마 이런 여성은 없지 않을까 싶지만), 남성은 듣지 못한 척을 하자.

10년 만에 풀린 오해

컵라면을 그다지 좋아하지 않지만 유일하게 닛신 식품*에서 나온 '컵누들 시리즈'만큼은 가끔 먹고 싶어질 때가 있다.

시리즈 중에서도 특히 좋아하는 컵누들은 '시푸드 누들'이다. 만약 앞으로 남은 인생에서 한 종류의 컵라면만 먹어야 한다면, 나는 망설이지 않고 시푸드 누들을

* 1948년에 설립된 식품 기업으로 세계 최초로 인스턴트 라면과 컵라면을 개발했다.

선택할 것이다. (물론 이런 선택을 할 일은 절대 없지만 말이다.)

　이번 이야기는 이 시푸드 누들에 관한 일화이다.

　나의 지인 중에 한 명은 '시푸드 누들 알레르기'가 있다.

　그녀는 다른 컵누들 시리즈는 다 괜찮은데, 오직 시푸드 누들만 못 먹는다고 한다.

　초등학교 3학년 때 시푸드 누들을 먹고 온 몸에 두드러기가 난 적이 있은 후로, 병원에서 알레르기가 있는지 물어보면 언제나 '있어요. 시푸드 누들 알레르기입니다'라며 씩씩하게 대답했다고 한다.

　그러던 어느 날 컵누들 시리즈 중 오리지널 컵누들을 먹다가 문득 이런 생각이 들었다.

　'어패류 알레르기도 없는 내가 왜 시푸드 컵누들만 알레르기가 생긴 거지? 좀 이상한데?'

　서, 설마……

　어쩐지 불길한 예감에 가슴이 두근거리기 시작한 그녀.

두드러기를 각오하고 눈 딱 감고 10년 만에 시푸드 컵누들을 먹어보았다.

그러자.

두드러기의 두 자는커녕 아무런 일도 일어나지 않았다!

그렇다. 그녀는 '시푸드 컵누들 알레르기'가 아니었다.

시푸드 컵누들을 먹은 날 우연히 두드러기가 났을 뿐인데, 그녀는 오랜 시간 동안 '시푸드 컵누들'에게 누명을 씌워왔다.

어허 참. 확신이란 이리도 무서운 것이다.

사실을 안 그녀도 자신이 시푸드 컵누들 알레르기라고 믿고 살아온 10년을 생각하며 멍해졌다고 한다.

이 확신.

상대가 시푸드 누들이어서 그나마 다행이었지만, 만약 대상이 사람이라면 죄의 깊이는 깊어진다.

예를 들어 '저 사람은 트러블메이커'라는 확신이 있으면, 무슨 일이 일어날 때마다 무심코 그 사람 탓을 하게 된다. 실제로는 원인이 다른 곳에 있어도 '그 사람이 무언가를 했으니까 그랬겠지!'라며 당연하게 죄를 덮어 씌워버린다.

무서운 확신이다. 사실 나도 만화《사자에 씨》*에서 과자가 없어졌거나 나뭇가지가 부러졌거나 하면 엉뚱한 확신으로 언제나 제일 먼저 가쓰오 군을 의심해서 반성한 적이 있다. 가쓰오 군이면 다행이지만(가쓰오 군 미안!), 쉽게 상처 받는 사람이 종종 의심을 받으면 그것만으로도 우울해하거나 비뚤어질 수 있다.

게다가 누명은 그동안 쌓아왔던 신뢰마저 산산조각 낸다.

거친 반을 담임했던 한 중학교 선생님은 중요한 자료가 없어지자 학생들이 자신을 곤란하게 만들기 위해 숨겼다고 생각하고서, 조회 시간에 "너희가 가져간 자료는 아주 중요한 자

---

* 1946년에 신문 연재가 시작되었고 TV 애니메이션으로도 방영된 일본의 국민 만화. 초등학생 자녀를 둔 가족의 이야기를 다룬다.

료이니 빨리 돌려주길 바란다"라고 이야기했다.

알고 보니 자신의 부주의로 찾지 못했을 뿐, 선생님은 그 이후 자료를 바로 찾을 수 있었다. 그런데 선생님은 자료를 찾았다는 사실을 학생들에게 알리지 않았고, 나중에 학생들이 자신들을 근거도 없이 의심했다는 사실을 알게 되어 결국 모두에게 따돌림을 받았다고 한다.

잘못된 확신으로 다른 사람을 의심하면 되돌릴 수 없는 사태가 벌어지게 되니 주의가 필요하다.

덧붙여서 시푸드 누들에 누명을 씌운 그녀.

10년 만에 먹은 시푸드 누들은 아주 맛있었다고 한다.

즐거움의 재료

영국 문화에 정통하고 영국인의 사고방식 등을 주제로 많은 에세이를 쓴 이가타 게이코 씨의 책에 나오는 이야기이다.

이가타 씨의 영국인 친구는 걸프 전쟁 때 공군 파일럿이었는데, 그 당시의 어느 날 이라크 호텔에서 민간인들과 함께 감금을 당한 적이 있었다.

처음에는 다들 겁에 질려 있던 사람들이 시간이 지나면서 자연스럽게 같은 나라의 사람끼리 그룹이 형성되었고, 각 나라별로 다른 행동을 보이기 시작했다.

이란인들은 알라 신을 향해 울면서 기도하기 시작했다.

미국인들은 대통령이 군대를 보내 도와줄 것이라며 국가를 불렀다.

일본인들은 조용히 침묵했다.

그렇다면 영국인들은 어떠했을까. 영국인들은 그중에서도 유독 떠들썩했다. 그들은 **내일 여기서 나갈 수 있을지 없을지 내기를 하며 돈을 걸고 있었다고** 한다.

아마 이 이야기를 한 영국인 친구는 자신의 경험이 아니라 '언제 무슨 일이 있든 내기 대상을 찾고 즐기는 영국인의 기질'을 비꼬아 농담한 것은 아닐까 생각한다.

때와 장소를 가리지 않고 즐거움의 재료를 찾는 영국인의 자세.

이 이야기 속에 나오는 영국인의 자세를 일상생활에 적용해보면 좋지 않을까.

생각해보자.

군대에 의해 호텔에 감금되었다고 하는, 이도 저도 못하는 상황임에서도 영국인들은,

"내일 구조될지 내기하자! 내가 물주가 되지."

"걸었어!"

"구조가 오전에 될지, 오후에 될지, 밤에 될지도 나눠!"

라며 흥을 올렸다.

이러한 감각을 업무에 도입해보면, 막다른 상황에 봉착하

거나 납기가 촉박한 상황에서 '납기 맞추기 내기'라든가 기간 내에 해내면 '자신에게 보상 주기' 같은 즐기는 자세가 될 것이고, 이는 업무 능률 향상으로 이어질지도 모른다.

어떤 상황에서든 이렇게 모든 일을 즐기는 자세로 임하면 '심지가 강한 체질'이 될 수 있다.

위기에 강하고, 동요하지 않는다.

힘든 상황에 빠졌을 때 심지가 강한 사람이 주변에 한 사람만 있어도 마음은 든든해진다.

내가 회사를 다니던 시절, 어느 날 갑자기 회사가 없어진다는 소식을 듣게 되었다. 신입 시절부터 20년 넘게 일한 회사였기 때문에 그 소식을 접한 순간에는 당황하는 것이 보통이겠지만, 나는 그러지 않았다.

오히려 '말도 안 되는 일이 생겼다면, 이제는 즐기는 수밖에 없군!' 하고 마지막 날까지 최선을 다해 일했다. 덕분에 다시 신입사원으로 돌아간 기분을 느끼며 긍정적으로 재취직 활동에 뛰어들 수 있었다.

만약 '이 나이에 취직이라니 아무래도 어렵겠지'라는 부정적인 생각에 사로잡혀 있었다면, 그 후의 취업 활동은 힘든 나날의 연속이었을 것이다.

위기의 상황에서도 농담을 던지고 긍정적으로 행동해보자. **생각은 태도를 따라온다.**

고민이 있어도 즐겁게 임하면 어느 순간 '어? 즐거웠던가?'라는 착각이 들고, 착각은 다시 진짜 즐거운 기분을 만들어낸다. 속는 셈 치고 해보자.

놀고 있는 작은 새조차도 살아가기 위해서는 고생을 면할 수 없다.

(5대 슌푸테이 류쇼°가 색종이에 자주 썼던 말이다.)

....

° 일본 전통 공연 '라쿠고'계의 전설적인 예능인.

평범함을 인정하자

일본 불교 정토종의 개조이자 일본 내 교과서에도 나왔을
정도로 훌륭한 신란 스님은 자기 자신을 '**범부**(凡夫)'라고 불렀
다고 한다.

범부란 간단하게 말하면 아주 평범하여 보잘것없는 사람을
뜻한다.

신란 스님은 왜 자신을 그렇게 불렀을까.

신란 스님은 젊은 시절 히에이산 엔랴쿠 절에서 훌륭한 사

람이 되기 위한 수행을 했다. 그러나 아무리 수행해도 위대한 사람이 되었다는 확신도, 실감도 느끼지 못했다.

　그러던 어느 날.

　히에이산을 나와 마을로 내려와서 서민과 생활하기 시작한 뒤 '아아, 나는 결국 하잘것없는 인간이구나'라고 깨달았고,

그 순간 마음의 평안을 얻었다고 한다.

무리하여 노력하기보다 있는 그대로의 자신을 받아들인다.

깨달음을 얻은 신란 스님은 이후 자신을 '범부'라고 불렀다.

'훌륭한 사람'이라는 이상적인 목표를 향해 열심히 노력하는 자세는 나쁘지 않다.

그러나 이상이 너무 높으면 목표를 이루기까지의 시간이 오래 걸리고, 그러다 보면 자신의 생각대로 흘러가지 않는다는 마음에 점점 초조해지며, 결국 너무 노력한 끝에 지쳐 쓰러지는 안 좋은 결과를 맞이하기도 한다.

지쳐버리면 지금까지 노력한 의미도 없어지고, 비관적인 마음에 모든 것이 마이너스가 되어버린다.

나의 지인 중에 '훌륭한 사람'이 되고자 하는 젊은이가 있다. 그는 누가 봐도 굉장한 노력가이고 공부도 게을리하지 않았다.

그는 대학생 시절부터 여러 가지를 공부했고 자기 나름의 '이상적인 자신'을 만들어냈다.

그가 만들어낸 '이상적인 자신'은 경제적으로 성공했을 뿐 아니라 넓은 마음과 상냥함도 지니고 있고 주위 사람들에게 신뢰도 두터운 사람이라고 하니, 그는 정말이지 완벽한 인간을 목표로 하고 있었다.

그 정도로 높은 목표를 가진 그는 20대 때부터 남달라서 창업하여 활약을 펼쳐나갔지만, 그의 이야기를 들으면 아직도 현재의 자신에게 불만이 있는 듯했다.

곁에서 보고 있으면 더할 나위 없이 성공한 사람이었지만, 그는 가끔씩 별것 아닌 일에 불같이 화를 내고 차가운 태도의, 이른바 '속이 좁은 자신'을 도저히 용서할 수 없다고 했다.

나처럼 '적당히'를 좋아하는 범부의 견본 같은 인간이 보기에 그는 **자신에게 너무 엄격하다**는 생각이 든다.

　자신을 지치게 만드는 나약함도,

　일이 괴롭다는 생각도,

　자신이 '결점'이라고 생각하는 것도,

　'지치는 것도, 일이 괴로운 것도, 결점이 있는 것도 모두 당
연한 일이다!'라고 솔직히 인정하면 신란 스님처럼 마음에 평
온함이 찾아올지 모른다.

진심을 담은 질문

이런 미국 유머가 있다.

어느 날 유세 중인 대통령이 연설을 위해 지방의 초등학교 교단에 섰다.

연설을 마친 대통령은 학생들과 질의응답 시간을 가졌고, 그중 지미라는 학생이 손을 들고 물었다.

"대통령께 세 가지 질문이 있습니다. 첫 번째, 막대한 비용을 들여 개발 중인 미사일은 사실 무의미하다고 생각하지 않으신가요? 두 번째, 경기가 전혀 좋아지고 있지 않은 이유는 무엇입니까? 세 번째, ○○ 국가에 가한 폭격이 여전히 옳았다고 보시나요?"

학생의 질문에 말문이 막힌 대통령이 가만히 학생을 바라보고 있자 때마침 쉬는 시간을 알리는 종이 울렸다.

쉬는 시간이 끝나고 다시 열린 질의응답 시간에서 이번에는 잭이 손을 들어서 말했다.

"대통령께 **다섯 가지 질문**이 있습니다. 첫 번째, 막대한 비용을 들여 개발 중인 미사일은 사실 무의미하다고 생각하지 않으신가요? 두 번째, 경기가 전혀 좋아지고 있지 않은 이유는 무엇입니까? 세 번째, ○○ 국가에 가한 폭격이 여전히 옳았다고 보시나요? 네 번째, 조금 전 30분 빨리 쉬는 시간 종이 울린 이유는 무엇입니까? 다섯 번째, **지미는 어디로 갔나요?**"

하하하.

이것은 부시 정권 시절의 유머로 내용을 살짝 손본 것으로,

질문은 때와 상황과 상대에 따라 조심하는 것이 신상에 좋다.

　질의응답에 관련된 또 다른 일화이다. 사이토 다카시 씨의 책에 소개된 에피소드로, 가부키* 배우 반도 다마사부로 씨가 메이지 대학에서 강연했을 때의 이야기이다.

　다마사부로 씨의 강연 타이틀은 '연기란 집약된 상념을 증류한 뒤 육체로 증폭시켜 관객에게 전하는 것'이라는 조금 난해한……이 아니라, 고상한 주제였다.

　강연회 진행을 맡은 사이토 씨는 질의응답 시간에 아무도 질문하지 않을까 봐 내심 전전긍긍했다고 한다.

　문제의 질의응답 시간이 되었고, 사이토 씨의 강연에 자주 오는 한 학생이 손을 들었다.

　학생들에게 의견이나 질문이 있으면 그 즉시 손을 들라고 가르쳐온 사이토 씨는 다행이라고 생각하며 학생을 가리켰다.

---

* 음악과 무용의 요소를 포함하는 일본 전통극.

지목을 받은 학생의 질문은 다음과 같다.

"저는 밤에 이따금 소리를 지르고 싶어집니다. 다마사부로 선생님은 이에 대해 어떻게 생각하시나요?"

황당한 질문이지만 질문을 받은 다마사부로 씨는 진지하게 대답했고, 그 내용을 대략적으로 정리하면 다음과 같다.

"소리를 지르고 싶은 마음은 절대 나쁘지 않습니다. 그것은 무언가를 생산해내는 힘의 원천이 된다고 생각합니다. (중략) 그 기분을 노트에 차곡차곡 적어두면 좋을 것 같네요. 자신이 소리 지르고 싶은 이유를 적어보면 창조적 활동에 도움이 될 것입니다."

엉뚱한 질문에 대한 대답. 최고의 자리에 오른 사람은 역시 대단하다.

다마사부로 씨는 강연이 끝난 후 사이토 다카시 씨에게 '**그 질문은 재미있었다**'라고 말했다고 하니, 역시 그릇의 크기가 남다르다.

후에 사이토 씨는 질문한 학생에게 진의를 물었고, 학생은 "평소에 계속 궁금했던 마음이라, 직접 부딪쳐보자고 생각했습니다"라고 대답했다고 한다.

학생의 대답을 들은 사이토 씨는 그의 질문이 진심에서 우러나왔기 때문에 다마사부로 씨에게 와닿은 것은 아닐까, 그래서 엉뚱한 듯 보이는 질문이었음에도 그가 성심성의껏 대답한 것은 아닐까 하고 분석했다.

누군가에게 질문할 때, 아니 그보다 더 나아가서 사람과 사람이 만날 때 진심으로 대한다면 상대도 진심을 보여준다.

대인관계는 거울.

잊지 말아야 할 원칙이다.

다만 상대가 어느 나라의 대통령일 경우, 진심을 담은 질문은 목숨을 재촉하는 결과로 이어지기 때문에 조심하도록. (웃음)

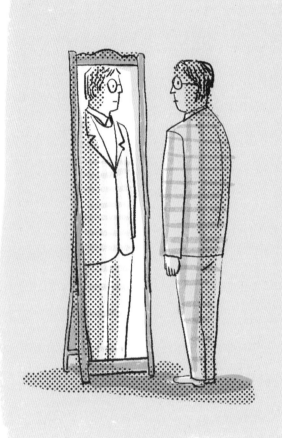

'이로하 노래'의 깊은 뜻

혹시 '이로하 노래'를 알고 있는가.

이로하니호에토 치리누루오(いろはにほへと ちりぬるを)

와카요타레소 쓰네나라무(わかよたれそ つねならむ)

우위노오쿠야마 케후코에테(うゐ(い)のおくやま けふこえて)

아사키유메미시 요히모세스(あさきゆめみし ゑ(よ)ひもせす)

47개의 히라가나를 중복하지 않고 한 번씩 사용하여 만든 노래로, 작자는 구카이 스님이라는 설이 있는데, 아무래도 불확실한 것 같다.

이 '이로하 노래'는 세세한 해석의 차이가 있지만 대략 이런 의미라고 한다.

아름다운 색을 뽐내며 활짝 핀 꽃잎을 자랑하는 꽃도 언젠가 반드시 진다.

세상 속 우리의 모든 것은 영원하지 않다.

세상 모든 것이 미망(迷妄)의 산길을 넘어, 깨달음의 세계에 다다르면,

더는 헛된 꿈을 꾸거나, 취하는 일도 없어질 것이다.

깊다!

글자를 중복하지 않는다는 제약 속에서 이렇게 깨달음의 경지를 읊다니.

나는 부끄럽게도 '이로하 노래'의 의미에 대해 신경 쓴 적이

없었는데, 우연한 기회에 어떤 조사를 통해 그 의미를 알고 아주 놀랄 따름이었다.

언젠가 개그맨 바카리즘 씨가 '이로하 노래'의 정신을 이어받아서(?) 글자를 중복하지 않고 의미가 있는 문장 만들기에 도전한 적이 있다.

그는 세 개의 노래를 만들었는데, 그중 하나를 여기에 소개해보도록 하겠다.

헤이 로리콘다치 키케요(へい ろりこんたち きけよ)

히마나라 야스미오 아와세(ひまなら やすみを あわせ)

모우후 호시테(もうふ ほして)

누루메노 오유니 쓰카레(ぬるめの おゆに つかれ)

소토하 사무쿠네에(そとは さむくねえ)

위요(ゐゑ(いよ))

의미는 이렇다.

이봐, 로리콘들 들어라

시간 있으면 휴일에 맞춰서

담요를 말리고

미지근해진 물에 잠겨라

밖은 춥지 않아

이예(YEAH)

이 무의미함.

원래 '이로하 노래'가 가진 깊이와의 엄청난 차이가 실로 굉장한 포인트이다!

시간이 있는 사람은 바카리즘 씨를 뛰어넘는 '새로운 이로하 노래'를 만들어보자!

나는 하지 않을 테지만. (웃음)

하이쿠 퐁!

조카가 아직 초등학생이었을 시절.

조카와 놀 때면 가능한 한 상상력을 자극하는 놀이를 하려고 했다.

그중 하나가 '하이쿠* 퐁!'(내가 작명한 놀이이다. 특별한 의미는 없다)이다.

---

* 5·7·5의 3구(句) 17음(音)으로 만드는 일본의 단시. 계절을 나타내는 단어가 들어가야 하고 마지막에 매듭말로 마무리해야 하는 규칙이 있는데, 시간이 지나면서 매듭말의 사용은 점차 줄어들어 계절어 규칙만 남았다.

규칙은 간단하다. 우선 하이쿠(라고 해도 계절어는 없어도 된다)의 첫 5음절의 운을 띄우면, 그에 이어서 다음 사람이 7음절을 읊고, 마지막 5음절을 다시 첫 5음절 운을 띄운 사람이 읊어서 하이쿠를 완성하는 놀이이다.

나와 조카가 이 놀이를 한 것은 조카가 초등학교 4학년 때였다. 과연 4학년인 그에게 이 놀이의 재미를 알게 할 수 있을까, 또 의미가 제대로 이어지도록 7음절을 만들 수 있을까 하는 의문을 안은 채 일단 놀이를 시작해보았다.

"하이쿠 알아?"

"응, 알아."

"그럼 내가 처음 다섯 글자를 쓸 테니까, 다음 일곱 글자를 생각해보는 거야."

"응. 알겠어."

기념할 만한 첫 구.

'배가 고프다'라고 종이에 쓴 나.

잠시 생각하던 조카. 다음의 일곱 글자를 쓰기 시작했다.

'뭐를 먹어야 할까'

오오! 제대로 의미가 통했다. 게다가 어조도 좋다. 이거 잘할 수 있겠는데? 마음속으로 만세삼창을 외치면서 마지막 다섯 글자를 쓰는 나.

'오늘 저녁 밥'

완성!

"배가 고프다 뭐를 먹어야 할까 오늘 저녁 밥"

이 놀이를 처음 하는데도 바로 멋진 시가 완성되었다. 이어서 두 번째 시.

'나의 꼬추가' 하고 갑자기 이상한 주제를 던진 나.

잠시 키득거리던 조카는 금세 진지하게 생각하기 시작했다. 이번에는 10초도 되지 않고 바로 일곱 글자를 써 내려갔다.

'간질간질 거려서'

하하하. 제대로 된 구를 완성한 데다가 재미까지! 바로 나도 다음 구를 썼다.

'잘 수가 없다'

완성!

"나의 꼬추가 간질간질 거려서 잘 수가 없다"

읊어보면 꽤 느낌이 있어서(있는 건가?) 아주 좋다!

"그럼 이번에는 먼저 첫 문장 써봐."

연필을 건네자 금세 사각사각 써 내려가는 조카. 혹시 이 아이, 천재가 아닐까.

'이상하네요'

오호, 이 녀석, 꽤 하잖아. 질세라 일곱 글자를 적어 내려갔다.

'당신의 머리 위에'

자, 어떠냐 하고 생각하고 있는데, 조카는 바로 다음 문장을 썼다.

'새 똥 있어요'

완성!

"이상하네요 당신의 머리 위에 새 똥 있어요"

그 뒤로 우리는 질리지도 않고 20편이나 되는 시를 지었다.

"된장찌개를 죄다 엎어버려서 혼이 났어요"

"로봇이 내게 갑자기 찾아와서 날 때렸어요"

"퉁퉁이˙ 얼굴 멋있게 변신해서 인기 많아요"**

모든 시가 황당하지만 상상력을 자극한 시였다.

나이가 들면서 상상력이 점차 사라진 어른들에게 오히려 더 어렵지 않을까.

난이도를 높여 각 행의 첫 번째 글자를 미리 정해놓으면 어른이라도 좋은 두뇌 운동이 된다.

'하이쿠 퐁!' 시간이 날 때, 두뇌 트레이닝 삼아 한번 해보길 바란다.

....

˙ 만화 《도라에몽》의 등장인물.

일본에서 느낀 이상한 점

　일본으로 유학을 온 뒤 그대로 일본 기업에 취직하여, 일본인과 결혼한 하와이 여성은 매번 고속도로를 운전할 때마다 의문이 들었던 점이 있다고 한다.

　어느 고속도로든 항상 전광판에 '시부야 10km'라든가 '시부야 5km'라는 표시가 나온다는 점이다. 시부야라는 거리가 일본의 대표 거리라고 할 만큼 아주 유명하다는 사실은 알고 있었지만, 어째서 어디를 가더라도 시부야까지의 거리만 표시되는 것일까.

게다가 도쿄 근교만이 아니라 남편의 본가가 있는 후쿠오카에서도 시부야까지의 거리가 표시된다.

일본인은 도대체 얼마나 시부야를 중요하게 여기기에, 일본 모든 곳에서 시부야까지의 거리를 표시하는 걸까?

숫자도 이상하다.

후쿠오카인데도, '**시부야 3km**'라는 표시가 뜬다.

아무리 생각해봐도 후쿠오카에서 단 3km 만에 시부야에 도착하기란 불가능하다. 아니면 일본에는 시부야라는 거리가 이곳저곳에 존재하는 걸까.

물론 이는 그녀의 착각이다.

그녀가 착각한 이유를 알겠는가.

잠시 생각해보자.

그녀가 고속도로 표시를 볼 때마다 의문을 느낀 이유.

바로 정체(渋滯)라는 한자를 시부야(渋谷)로 잘못 읽었기 때문이다.

하하하.

이렇게 이야기를 듣고 보니 확실히 비슷하게 보인다. 게다가 도로의 특성상 고속도로 전광판에 나타나는 한자는 운전자가 빠르게 인식할 수 있도록 축약된 한자를 사용하기 때문에 더욱 비슷해 보일 것이다.

이렇게 사람들이 빠르게 인식할 수 있도록 축약하거나 간소화시킨 안내표지의 가장 대표적인 예는 그림이다. 픽토그램이라고 하는데, 비상구나 화장실을 표시하는 그림 등을 말한다.

픽토그램이 일본에 처음 도입된 계기는 1964년 도쿄 올림픽 때 일본을 방문한 외국들을 위해 일본어를 몰라도 곤란하지 않도록 표시한 것이 그 시작이었다.

2020년에 열릴 도쿄 올림픽을 대비하여 주차장을 뜻하는

'P' 자 옆에 자동차 그림을 더하는 등, 국제적으로 보급되어 있는 마크로 바꾸기로 했다. 그뿐 아니라 배터리 충전 코너나 편의점 등 새롭게 16종류의 픽토그램이 추가되었다.

이러한 안내표지의 변화와 증가는 일본을 방문하는 외국인들에 대한 환영의 일환이다. 그림 문자라면 한자에 약한 외국인이 '시부야(渋谷)'와 '정체(渋滞)'를 착각해서 잠도 못 자고 고민하는 일(웃음)도 없을 것이다.

그러고 보니 만화 《테르마이 로마이》*의 작가인 야마자키 마리 씨는 몽골에 갔을 때, 현지 사람들과 커뮤니케이션이 제대로 되지 않아 고민하던 차에 현지 사람들에게 캐리커처를 그려서 보여주자 순식간에 그들과 허물없이 지내게 되었다고 한다.

'아, 그림은 언어를 뛰어넘는 커뮤니케이션 수단이구나'라

---

* 고대 로마의 목욕탕과 일본의 목욕을 테마로 한 코미디 만화.

며 감동했다고 한다.

그림은 세계 공통 언어.

세계 모든 사람들에게 통하는 커뮤니케이션 도구이다.

바보 같은 질문

회사에서 사보 제작을 담당했을 때 겪은 일이다.

어느 증권회사 부장과의 인터뷰에서 이런 질문을 했다.

"증권회사란, 그러니까 뭐죠?"

내 딴에는 그 사람만의 방침을 그 사람의 입을 통해 듣고 싶은 마음에 한 질문이었지만, 상대에게는 이런 진의가 제대로 전달되지 않았고, 상대가 당혹스럽다는 표정을 지어 서둘러 질문을 바꿨던 기억이 있다.

지금 생각해보면 나의 질문은 아주 서툴렀다.

이야기를 조금 바꿔서, 예전에 TV 애니메이션 〈마루코는 아홉 살〉*에서 아주 좋은 장면을 본 적이 있다.

그 화의 대략적인 이야기는 마루코가 친구들과 함께 비단 가게에 견학을 가서 이런저런 질문을 하는 내용이다.

모두가 일반적으로 생각하는 '비단 가게에서 묻고 싶은 질문'을 하는 마루코와 친구들.

웬만한 질문은 거의 다 나오고 슬슬 질문이 끝나갈 때, 바보 같은 캐릭터의 남자아이 야마다가 질문을 했다.

"비단이 뭐에요?"

지금까지 비단 가게 아저씨에게 이런저런 질문을 해놓고 이제 와서 이런 질문이라니.

채소 가게에 견학을 가서 "채소가 뭐에요?"라고 묻는 것과

....

* 사쿠라 모모코의 만화를 원작으로 만든 애니메이션. 국내에서도 방영되었다.

다를 바 없었다.

당연히 "야야"라며 야마다에게 핀잔을 주는 나머지 친구들. 그러자 이 질문을 들은 비단 가게 아저씨는 이런 말을 했다.

"아주 좋은 질문이네요."

이어서 이런 설명을 덧붙였다.

"비단이라는 것은 일본 옷을 만드는 천을 가리켜요. 그런데 왜 '일본 옷 가게'라고 하지 않을까. 그것은 **비단이 옷이라는 말보다 훨씬 오래전부터 사용해온 말이기 때문이죠.** 일본 옷이라는 단어는 메이지 시절에 서양의 옷이 들어오면서 서양 옷과 구분 짓기 위해 만들어낸 단어랍니다."

오옷!

야마다가 한 바보 같은 질문이 실은 굉장한 질문이었다.

이 장면을 보고 대담의 명수 아가와 사와코• 씨가 데몬 각하••와의 인터뷰에서 **"헤비메탈이란 무엇인가요?"**라는 질문을 한 에피소드가 떠올랐다.

아가와 씨의 실례되는(?) 질문에 대해서 데몬 각하는 록의 문외한인 아가와 씨도 잘 이해할 수 있도록 정중하고 부드럽게 헤비메탈을 설명해주었다.

내가 증권회사의 부장에게 한 질문은 당시 상황으로는 너무 당돌했고 질문 방법도 옳지 못했기 때문에 추천하지 않지만, 〈마루코는 아홉 살〉의 야마다와 데몬 각하와의 대담에서의 아사와 씨처럼 순수한 호기심에서 우러나온 근본적인 질문은 '있을 수 있다'고 생각한다. 사실, **진짜 전문가 못지않게 누구라도 알 수 있도록 설명해줄 테니 좋은 공부가 될 것이다.**

생각해보면 채소 가게 주인에게 '채소는 무엇인가요?'라는 질문도 있을 수 있지 않은가.

---

* 일본의 전문 인터뷰어이자 방송 캐스터, 탤런트, 작가로 다방면에서 활동하고 있다.
** 일본 헤비메탈 밴드 세이키마쓰의 보컬로 활동했으며, 데몬 고구레 각하로 더 잘 알려져 있다.

반대로 만약 당신이 아주 잘 알고 있는 분야에 대해서 누군가가 순수하게 질문을 해오면, 그 분야를 잘 알지 못하는 사람이라도 쉽게 이해할 수 있도록 설명하는 연습이라 여기며 다정하고 정중하게 알려주길 바란다. 그러면 의외로 자신도 알지 못했던 맹점을 알게 되는 계기가 될지도 모른다.

행운 적금

다른 사람의 분실물을 주운 적이 꽤 많다.

왜 그런지는 나도 모른다. 그저 사람들이 눈앞에서 중요한 물건을 툭 하고 떨어뜨리는 광경을 자주 목격할 뿐이다.

그리고 이를 알아차리지 못한 채 바쁜 걸음을 재촉하는 바람에 나는 서둘러 물건을 주운 뒤 그 사람에게 "떨어뜨리셨어요!" 하고 말을 걸어야 한다.

고속열차 티켓까지 하면 표와 지하철 정기권은 그야말로

몇 번인지 셀 수 없을 정도로 많이 주인의 품으로 돌려보냈다.

언젠가 한번은 역 플랫폼으로 들어오는 전철에 올라타려고
할 때, 앞에 서 있던 사람의 정기권이 떨어졌고, 그 사람은 이
사실을 알아차리지 못한 채 그대로 전철에 올라타 버렸다.

당사자가 주울 수 있도록 알려주기에는 시간이 촉박했기
때문에, 어쩔 수 없이 내가 몸을 숙여 정기권을 집어 들었다.

몸을 숙인 탓에 시간이 지체되자, 뒤에서 전철을 기다리던
사람들은 '하필 지금 떨어뜨릴 게 뭐람?'이라는 얼굴로 나를
바라보았다.

억울한 마음이 들었지만 그래도 일단 정기권을 집었다.

그날은 다행히 정기권을 먼저 전철에 탄 주인에게 건네줄
수 있었지만, 만약 내가 전철에 타지 못했다면 나는 정기권을
들고 역무원에게 가서 "지금, 전철에 탄 사람이 플랫폼에 떨어
뜨린 정기권이에요"라며 장황한 설명을 해야만 했다.

또 한번은 약속 장소인 역 개찰구 밖에서 누군가를 기다리

고 있는데 아시아계의 외국인 여성이 뭔가 종이 같은 것을 떨어뜨리는 모습을 보았다. 역시나 떨어뜨린 여성은 전혀 알아차리지 못한 채 개찰구에 들어가려고 했다.

떨어뜨린 물건은 멀리서 보기에 전단지를 접은 종이처럼 보였기 때문에 단순히 쓰레기인가 보다 했지만, 그래도 혹시 몰라 다가가서 살펴보니 **무려 '급여 명세서'였다!** (왜 떨어뜨렸을까?)

바로 주워서 "떨어뜨리셨어요" 하고 소리치고, 이미 개찰구를 지나쳐버린 여성에게 개찰구 너머로 전해준 적이 있다.

지갑도 예외는 아니어서, 대략 서너 번은 내 눈앞에서 떨어졌다.

또 한번은 셀프서비스식 식당에서 식사를 끝내고 쟁반을 반환 컨베이어에 올려두다가 문득 고개를 돌려보니, 옆 사람이 올려둔 쟁반 위에 접시와 함께 지갑과 스마트폰이 놓여 있는 것이 아닌가!

"저기, 지갑이랑 스마트폰 두고 가셨어요!" 하고 얘기해서 일이 커지지 않고 끝난 적이 있다.

만약 내가 나쁜 사람이었다면 아마 돈을 아주 많이 벌었을 것이다. 다른 사람의 분실물만으로 생계를 이어갈 수 있었을지도. (웃음)

그러나 그럴 배짱도 없을뿐더러(배짱의 문제인가?) '사례금 정도는 주셔야죠'라는 말은 한 번도 하지 않았기 때문에 한 푼도 받은 적이 없다.

주기적으로 보자면 한 달에 두 번은 다른 사람의 물건을 줍는다.

당신도 이렇게 자주 다른 사람의 물건을 줍는가?

아니면 분실물을 발견하는 인생은 세상에서 나 혼자뿐인 건가?

그렇다면 신은 왜 내게 이렇게도 많은 분실물을 줍게 할까?

만약 내가 자타공인 운이 좋은 삶을 보내는 이유는 아마 다

른 사람의 분실물을 찾아주는 행동으로 '행운 적금'을 들어둔

덕분일지도 모른다.

4장

살아갈
용기를
얻다

가슴 뭉클해지고
힘이 나는 이야기

목숨을 살려준 지도

나의 지인 F 씨는 계획을 짤 때 아주 사소한 부분까지 계획하는 사람인데, 성격까지 완벽주의인 탓에 조금이라도 계획대로 흘러가지 않으며 초초해한다.

그래서 그가 가족 여행이라도 한번 가려고 하면 그의 가족들은 분 단위로 움직여야 한다.

F 씨는 여행지의 경치보다 여행 스케줄과 시간에 더 집중해서, 가족들이 관광지에서 기념품을 사고 싶어 하더라도 버스 시간이 촉박할 것 같다면 허락하지 않는다. 또 식당에서 아이

들이 뭉그적거리며 느릿느릿 밥을 먹으면 참지 못하고 "이제 나가자"라며 일어난다고 한다. 그러면 아내는 "아이들이 먹고 있잖아요!"라고 소리치는, 마치 드라마 〈북쪽 나라에서〉에 나오는 명장면*과 같은 일이 일어난다(는, 나의 농담).

한마디로 이야기하자면, F 씨는 결국 자신이 세운 계획에 묶여버리는 타입인 것이다.

목적을 이루기 위한 계획은 점차 주객이 전도되어 계획 자체가 목적으로 변질된다. F 씨만큼 극단적인 케이스가 아니더라도 당신은 혹시 계획에 지배된 적이 없는가.

이 이야기는 미시간 대학교의 한 교수가 강연에서 자주 이야기하는, 헝가리 군대가 겪은 실화이다.

눈 내리는 알프스산맥에서 군사 훈련을 하고 있던 헝가리

---

* 마감 시간이 다 되어 들어간 라면 가게에서 아들이 아버지에게 울면서 자신의 죄를 고백하던 중, 점원이 영업이 끝났다며 아이의 라면을 가져가려고 하자, 아버지가 점원에게 아이가 아직 먹고 있다며 소리치는 장면.

군대의 부대장은 부하 몇 명에게 다음 훈련 예정지를 먼저 시찰하도록 명령했다. 그러나 운이 나쁘게도 시찰대가 출발하고 얼마 지나지 않아 날씨가 급변했고, 그들은 며칠이 지나도록 돌아오지 않았다. 그렇게 시간이 흐르고, 부대장은 어쩌면 시찰대가 조난사를 당했을지도 모른다는 절망적인 생각을 하게 되었다.

3일째가 되던 날, 기적적으로 시찰대 전원이 무사 귀환했고, 그들은 이렇게 보고했다.

"눈보라로 인해 길을 잃은 저희는 식량도 없고 나침판도 없다는 사실에 좌절했습니다. 그러나 한 사람, 대략적인 정보만 적혀 있는 지도를 가진 자가 있어서 그 지도에 의지하여 하산했습니다."

보고를 들은 부대장은 감탄하며 그들의 목숨을 구한 지도를 보았는데, 크게 놀라지 않을 수 없었다.

대원이 가지고 있던 지도는 그들이 오른 알프스산맥의 지도가 아니라 피레네산맥의 지도였다.

사실 이 이야기와 똑같은 이야기가 하나 더 있다.

피레네산맥에 등정했다가 조난을 당한 등반대가 나침판을 잃고 좌절했지만, 우연히 대원 한 사람이 갖고 있던 기본적인 정보만 있는 지도에 의지하여 하산에 성공했는데, 알고 보니 그 지도는 알프스산맥의 지도였다라고 하는 이야기이다.

다만 등반대가 산의 지형을 익히지 않은 채 지도에 의지하여 등산하는 일은 거의 없을 테니, 아무래도 등반대의 이야기는 헝가리 군대의 이야기에서 만들어진 이야기가 아닐까 하는 의견이 있다(나도 그렇게 생각한다).

어찌 되었든 두 가지의 이야기는 '**절망했을 때 대략적인 내용만 있는 지도라도 충분히 마음의 의지가 된다**'는 교훈을 담고 있다.

경영 컨설턴트에게서 이런 이야기를 들은 적이 있다.

"사내의 훌륭한 대규모 사무 시스템을 자랑스러워하는 사장님과 만나면 컨설팅이 조금 어려울지도 모른다는 생각을 합니다. 왜냐하면 대규모 시스템은 정작 방향을 전환할 때 쉽게 바꿀 수 없기 때문이죠. 따라서 사무 시스템은 상황 변화에 재빨리 대응할 수 있는 작은 규모가 좋습니다."

사소한 부분까지 포함된 계획은 이른바 융통성이 낮은 대규모 사무 시스템과 같다.

계획은 대략적인 부분만 정해도 충분하다.

여담이지만 앞서 이야기한 F 씨의 일화를 하나 더 말하자면, 언젠가 교통 사정으로 인해 세워둔 여행 계획이 엉망진창이 되어버린 여행에서 의외로 재미있는 경험을 한 F 씨는 그 이후의 가족 여행에서는 대략적인 계획만 세우게 되었다고 한다.

기회가 언제 찾아올지 몰라도

기회는 언제나 갑자기 찾아온다.

"저기, 안녕하세요. 저는 기회입니다. 다음 달 그쪽으로 찾아뵙고 싶습니다만, 준비는 다 되셨는지요"라는 방문 예고는 해주지 않는다.

그렇기 때문에 기회를 잡고 싶으면 언제 기회가 찾아오더라도 좋을 만반의 준비를 해두어야 한다.

"준비 10년, 성공 5분." (로알 아문센, 노르웨이 탐험가)

"행운 잡기의 성공 여부는 평소 준비를 해두었는지에 따라 정해진다." (고시바 마사토시, 일본 물리학자)

"번뜩이는 생각은 그것을 얻으려는 준비와 고심을 한 사람에게만 주어진다." (루이 파스퇴르, 프랑스 미생물학자)

준비한 자만이 기회를 잡을 수 있다는 의미의 명언은 이처럼 아주 많다.

이번 이야기는 이렇게 준비를 해둔 덕에 기회를 잘 살린 사람의 이야기이다.

그의 이야기는 실로 스포츠 만화 같고 소설보다 기이하다.

2017년 8월. 런던에서 개최된 세계 육상 선수권 대회 남자 400m 릴레이 경기에서 일본 최초로 동메달을 획득한 팀의 마지막 주자 후지미쓰 겐지 선수가 그 주인공이다.

후지미쓰 선수는 2016년 리우 올림픽 때 대표 선수로 발탁되었지만 출전 기회는 없었다. 그 당시 후지미쓰 선수는 자신은 큰 대회와 인연이 없다는 생각에 은퇴라는 글자를 수시로 떠올렸다고 한다.

이미 대선배라는 위치에 있을 31살의 나이에 세계 육상 대회에 출전하는 국가 대표 후지미쓰 선수는 젊은 후배 선수들을 보조해주는 입장인, 레귤러가 아닌 슈퍼 서버 역할이었다.

그런 그에게 기회가 찾아왔다.

다른 선수의 컨디션 난조로 인해 **결승 6시간 전 마지막 주자로 달리라는 감독의 제안**이 그에게 들어왔다.

6시간 전, 게다가 마지막 주자라니!

나였다면 덜덜 떨면서 "아, 아니요. 중간 주자로 만족하겠습니다"라고 말했을 것이다.

후지미쓰 선수는 달랐다.

갑작스러운 지명에도 불구하고 훌륭한 경기력을 보여주며 마지막 주자의 저력을 뽐냈고 동메달에 공헌했다.

　이렇게 훌륭한 경기력을 보여준 그의 배경에는 숨은 노력이 있었다. 후지미쓰 선수는 **출전 기회가 생길 때를 대비하여 제1주자부터 제4주자까지, 어느 포지션이든 뛸 수 있도록 꾸준히 준비했다**고 한다.

　후지미쓰 선수가 준비에 소홀하지 않았기 때문에, 갑작스러운 발탁에도 겁내지 않고 기회를 잡아 훌륭한 결과를 만들어낼 수 있었다.

언제 찾아올지 모를 변덕스러운 기회를 위한 준비의 중요
성을 알려주는 완벽한 일화라고 생각한다.

'정말 스포츠 만화와 같은 이야기가 실제로 있구나'라는 생
각이 들 정도이다.

역시 선인들의 명언을 흘려들어서는 안 된다.

노력이 물거품이 되어버렸을 때

열심히 준비해온 노력이 한순간 무용지물이 되어버린 경험은 누구나 있을 것이다.

지금까지의 노고가 물거품이 된 순간.

너무 놀라 머릿속이 새하얘지고, 아무것도 하고 싶지 않을 만큼 기력도 없어진다.

이번 이야기는 모든 것을 포기해버리고 싶은 비극을 마주한 미국 영화감독 프랜시스 포드 코폴라의 에피소드이다.

〈대부〉, 〈마음의 저편〉
등의 작품으로 잘 알려
진 코폴라 감독은 당시
3,900만 달러라는 거액
을 들여 대작 〈지옥의 묵
시록〉(1980년 일본 개봉)을
완성했다.

　　일본 개봉 당시 나 역
시 극장에서 관람하고 압도된 기억이 있다.

　줄거리는 베트남전쟁 중인 캄보디아를 무대로, 정글 깊숙
한 곳에 멋대로 '왕국'을 구축한 남자(말론 브란도)를 암살하라
는 미군의 명령을 받고 주인공(마틴 신)이 강을 거슬러 올라가
그를 죽이는, 쉽게 상상하기 어려운 내용이다.

　실제 촬영은 캄보디아가 아니라 필리핀 정글에서 행해졌는
데 이 촬영, 그야말로 트러블의 연속이었다.

　예정 촬영 기간은 3개월이었지만, 계속되는 트러블로 인해

1년 2개월이나 걸렸다고 한다.

이번에 소개할 이야기는 그때 생긴 일화이다.

정글에 거액의 비용을 들여서 만든 마을 세트가 갑작스러운 태풍에 의해 붕괴되고 말았다.

코폴라 감독은 망연자실한 채 엉망진창이 된 세트장을 바라볼 수밖에 없었다.

당연하게도 세트를 다시 지을 정도의 예산은 남아 있지 않았다.

그런 상황에서 코폴라 감독은 어떻게 했을까.

그는 '태풍이 지나간 뒤의 구호소'라는 에피소드를 급하게 삽입하여 부서진 세트를 그대로 사용하여 촬영했다.

코폴라 감독은 넘어져도 절대 조용히 일어나지 않을 남자였다.

이 일화를 들었을 때 '태풍이 지나간 뒤의 구호소'라는 에피소드를 떠올리려고 노력했지만, 아무리 생각해도 그런 장면은 본 기억이 없었다.

그도 그럴 것이 그 구호소 장면, 무슨 이유에서였는지 개봉 시에 편집되었다고 한다. 그러나 코폴라는 포기하지 않는 남자였다.

영화가 첫 개봉한 지 21년 후인 2001년에 〈지옥의 묵시록: 리덕스〉라는 이름으로 재개봉하면서 '태풍이 지나간 뒤의 구호소'를 추가했다고 하니, 코폴라 감독은 상당한 집념의 사나이이다.

고생하며 준비해오던 것이 부득이한 사정으로 계획에 차질이 생긴다면, 코폴라 감독의 일화를 떠올리자.

틀어진 계획으로 기존의 노력이 쓸모없어졌다고 생각할지도 모르지만, 어쩌면 의외로 전혀 다른 쓰임이 있을 수도 있다.

어느 엔터테인먼트 회사에서는 **어쩔 수 없는 사정으로 도중에 엎어진 기획의 자료는 파기하지 않고 전부 데이터베이스에 보관해둔다**고 한다.

중간에 멈춰야 한다고 판단했지만, 언젠가 사정이 바뀌어 사용할 수 있을지도 모르기 때문이다.

사정이 바뀌지 않더라도 다른 상대에게 제안하면 수용될지도 모르고, 또 기획의 일부를 바꾸는 것만으로 더 좋은 기획이 될지도 모른다.

그러니 준비한 것이 잘되지 않더라도 너무 실망하지 말자.

그보다 다르게 사용할 수 없을지 다방면으로 생각해보고, 다른 아이디어가 떠오르지 않으면 부활의 기회가 오기를 기다리며 보류해두자.

〈지옥의 묵시록〉 촬영으로 전 재산을 잃은 코폴라 감독은 〈지옥의 묵시록〉이 칸 영화제에서 그랑프리를 획득하면서 큰 히트를 쳤고, 잃었던 재산을 회수했다고 한다.

구미가 당기는 일을 거절한 이유

이번 이야기의 주인공은 만화가 미즈키 시게루 씨이다.

《게게게의 기타로》*가 인기를 얻기 전 미즈키 시게루 씨는 굉장히 가난했다.

얼마나 가난했냐면, 집에 찾아온 세무서 사람에게 **"이런 수 입으로 가족 세 사람**(부인과 아이가 있었다)**이 살아갈 수 없다"**라는

....

* 요괴 만화라는 하나의 장르를 탄생시킬 정도로 사랑을 받은 일본의 국민 만화.

말을 들으며 탈세 혐의를 받을 정도였다.

이에 미즈키 씨는 '네놈들이 뭘 아느냐!'며 불같이 화를 냈고, 전당표를 보여주며 세무서 사람들을 내쫓았다.

가난과 싸우던 시절, 미즈키 씨 앞으로 《소년 매거진》* 편집자의 원고 의뢰가 날아왔다.

이제까지 영세 출판사에서 출간하는 대본 만화로 생계를 이어온 미즈키 씨에게 메이저 잡지의 원고 의뢰는 그 누구보다 필요했고, 또 하고 싶은 작업이었다.

원고료는 지금까지 받은 수준의 10배.

그러나 미즈키 씨는 그 꿈같은 원고 의뢰를 거절했다.

원고를 거절한 이유, 그것은.

의뢰한 만화가 우주 SF 장르였기 때문이다.

....

* 1959년에 창간된 일본의 대표적인 소년 만화 잡지.

미즈키 씨는 자신이 SF 장르에 소질이 없다는 것을 잘 알고 있었다.

돈은 필요했지만, 만약 이 의뢰를 받아들여 잘하지 못하는 장르를 그린다면 사람들에게 '미즈키 시게루의 만화는 재미없다'라는 평가를 받을 것이 분명했다.

사실 미즈키 씨는 잡지의 의뢰로 자신 없는 장르에 손을 댔다가 사라진 만화가를 많이 알고 있었다. 결국 미즈키 씨는 가슴 아프지만 원고 의뢰를 거절했다.

가난으로 힘든 생활을 이어가는 미즈키 씨가 의뢰를 거절하리라고 생각하지 못했던 편집자는 틀림없이 놀랐을 것이다.

그러나 미즈키 씨의 거절은 결과적으로 옳은 선택이었다.

《소년 매거진》 편집자는 미즈키 씨의 재능을 포기하지 않았다.

첫 원고 의뢰로부터 반 년 뒤, 편집자는 다시 미즈키 씨의 집에 찾아와서 이렇게 말했다.

"편집부의 방침이 바뀌었습니다. 좋아하는 테마로 자유롭게 그려주세요!"

이번 의뢰는 흔쾌히 받아들인 미즈키 씨는 단편만화《테레비 군》을 그렸고, 이 만화로 고단샤 아동 만화가상을 수상했다.

수상 후 미즈키 씨는 대작《게게게의 기타로》연재의 길로 들어섰다.

만약 돈 때문에 처음 의뢰를 받은 SF 장르에 손댔다면 아마 그 후의 활약은 없었을지도 모른다. 자신 없는 장르를 과감히 거절한 그의 용기가 성공을 불러왔다.

당신이 이미 업무로 확고한 지위를 다진 상태라면, 서툰 분야의 업무에 도전했다가 "역시 나에겐 안 맞네" 하며 가볍게 끝낼 수 있다. 그러나 아직 당신에 대한 평가가 확고하지 않을 때 자신 없는 일을 덜컥 받는다면, 실력이 없다는 평가가 붙어버릴지도 모른다.

성공하기 전에 무슨 일이라도 하겠다는 자세는 물론 중요하다.

그러나 돈을 위해 자신의 실력을 싸게 팔거나 잘하지 못하는 일을 덜컥 받아버리는 자세는 때때로 성공으로 가는 길을 가로막을지도 모른다는 사실을 잊어서는 안 된다.

부족한 영어 실력의 대안책

이사, 전직, 전근, 이동, 전학 등 인생에는 새로운 환경에 뛰어들어야 하는 전환기가 있다.

자신을 둘러싼 환경이나 주변 사람들의 변화에 잘 적응하는 사람이 있는가 하면, 좀처럼 따라가지 못하는 사람도 있다.

만약 당신이 바뀐 환경에 잘 적응하지 못한다면 전 프로야구 선수 신조 쓰요시 선수의 일화를 주목하길 바란다.

신조 쓰요시 씨는 1990년 드래프트 회의에서 한신 타이거

즈에 5위로 지목되어 프로야구 선수로 데뷔했다.

그가 한신 타이거즈에서 활동하던 시절, 구장에서 시합 전 몸풀기로 외야 선수끼리 캐치볼 하는 모습을 본 적이 있다. 그때 신조 씨가 가볍게 던진 공이 말도 안 되게 먼 곳에 떨어지는 광경을 보고 깜짝 놀랐다.

그도 그럴 것이, 신조 씨의 스카우트 평가는 '**타격=B, 주력**

=A, 강견=특A'였다. 즉, 배팅은 그럭저럭(신조 씨, 미안해요!)이지만, 빠른 발과 강한 어깨를 지닌 선수라는 의미이다.

스카우트의 평가대로 입단 후 그의 타율은 2할 5푼 안팎이었지만, 신조 씨는 팬들의 두터운 사랑을 받는 인기 선수였다.

왜냐하면 타율은 낮았지만(신조 씨, 또, 또, 미안해요!), 기회에는 엄청 강했기 때문이었다. 게다가 고의 사구를 쳐서 경기를 끝내버리는 등, 하여튼 그는 화려한 플레이에 일가견이 있었다.

화려한 플레이의 일인자 신조 씨는 2001년부터 3년간 메이저리그에서 활약했다.

신조 씨는 뉴욕 메츠에 입단하여 활동했을 당시 영어를 전혀 못했다고 한다. 그는 자신 앞에 놓인 **언어의 장벽에 대한 대책**으로 아주 엉뚱한 생각을 했다.

신조 씨의 대책.

'**내가 영어를 익히는 것보다 모두에게 일본어를 알려주는 편이 더 빠르겠다.**'

그러면서 신조 씨는 정말로 감독과 동료에게 부지런히 일본어를 가르쳤다고 하니, 대단한 사람임이 분명하다.

주위 사람들과 허물없이 사귀기 위해 자신이 기존의 환경에 스며드는 것이 아니라 주위를 자신의 페이스로 끌어들였다.

미국으로 넘어가서 처음 3개월 동안, 영어는 'appreciate (감사합니다)'와 'good atmosphere(좋은 느낌)'라는 단어만 사용했다고 하니, 여러 모로 굉장한 사람이다.

바뀐 환경에 적응하지 못하는 당신.

무리하게 환경에 맞추어 자신을 바꾸려고 노력하지 않아도 된다.

다른 사람일 뿐인 자신을 연기하면 결국 자신만 어색하고 괴로울 뿐이다.

신조 씨처럼 자신의 페이스를 무너뜨리지 않고 자신답게 일관하면 된다.

만약 사무직이던 당신이 익숙하지 않은 영업부로 배속되어도, '영업부에 사무직 경험자의 새로운 분위기를 넣어서, 마구 휘저어보자!'라는 마음으로 구김살 없이 지내는 편이 서로에게 더 좋다.

신조 씨는 미국으로 건너갈 때 '일본에서 타율 2할 5푼이던 선수가 메이저의 공을 쳐 낼 리가 없다. 일본의 수치이다'라며 몹시 염려했다.

그러나 그는 화려한 플레이로 단숨에 미국 팬들의 마음을 사로잡았고, 4번 타자에 서기도 하며 멋진 활약을 보여줬다. 사람을 끌어당기는 강한 힘으로 2002년에는 일본인 선수로는 처음으로 월드시리즈에 출전하기도 했다.

잘하지 못하는 영어를 열심히 배우려고 하지지 않았기 때문에 정신노동이 없던 덕분······이라고 생각하는데, 여러분은 어떠한가.

귀사의 매출 목표는?

이른바 '천원 마트'를 아는가?

자랑은 아니지만, 나는 자주 천원 마트에 가는 편이다.

생활용품부터 문방용품, 과자, 장난감 등 시중에 나와 있는 웬만한 제품은 거의 대부분 판매한다. 필요한 물건을 사기 위해 가게에 들어서면, 어느 순간 나도 모르게 사려고 했던 제품 외에 다른 물건까지 사게 되는 무서운(웃음) 가게이다.

천원 마트의 대표 격인 '다이소'는 대부분 알 것이다.

예전 TV 방송에서 다이소를 운영하는 회사, 주식회사 다이소 산업의 사장 인터뷰를 본 적이 있다.

다이소는 현재 일본뿐 아니라 세계 각국에 점포를 넓혀서 그 수는 약 5,000개 점포에 달한다.

원래는 야노 히로타케 사장이 부인과 함께 시작한 이동식 점포 '야노 상점'이 그 시조라고 한다. 두 사람이서 많은 상품을 다루다 보니 **매일 상품에 가격을 붙이는 것이 꽤 번거로워서**, 사장은 이렇게 생각했다.

'차라리 전부 100엔으로 통일해버리자!'

될 대로 되라는 식……이 아니라, 획기적인 아이디어는 손님들에게 큰 호평을 받았고 성공으로의 전환점이 되었다.

방송에 나온 사장 인터뷰는 그 외에도 '득이 되는 제품보다 잘 나가는 상품을 다룬다', '매입은 격투기다', '손님에게 불리한 정보일수록 크게 표시한다' 등, 야노 사장의 경영 이념을 다루고 있었다.

인터뷰에서 내가 가장 놀라웠던 부분은 '매출 목표'에 대한 야노 사장의 대답이었다.

야노 사장은 쑥스러운 듯 이렇게 대답했다.

"부끄럽지만, 매출 목표는 특별히 없습니다. 망하지만 않으면 된다 정도예요."

진짜인지 아닌지는 차치해두고(방편이라고 보이지는 않았다), 이 무책임함······이 아니라 무욕적인 자세.

정말이지 훌륭하다.

비즈니스 도서에서 읽은 내용인데, 매년 꾸준히 매출이 증가하는 IT 기업에서는 연간 목표를 정하지 않는다고 한다.

세세하고 정성스럽게 매출 계획을 세울 시간이 있다면, 그 시간과 힘을 이익 창출 활동에 소비하는 편이 훨씬 더 값지다는 것이 그 이유이다.

매출 목표를 정하지 않았기 때문에 시간을 투자하여 매달 목표 달성률을 계산할 필요도 없고, 목표 달성을 위한 회의를 할 필요도 없다.

확실히 시간과 노동력을 효율적으로 사용할 수 있다.

이런 이야기를 들으면, 매달 매출 목표를 계획하고 계획 달성 현황을 매번 확인하는 일이 조금은 어리석게 느껴지지 않는가?

이런 발버둥에서 벗어난 궁극의 자세가 다이소 사장의 '도산만 안 하면 된다'는 기업 목표가 아닐까.

이런 달관의 자세로 인생을 마주한다면, 인생의 목적이라든가 적금이라든가 하는 일희일비에 벗어나서 **'일단 내일을 살아가자'**라는 마음가짐으로 살 수 있다.

목표를 향해 힘차게 달리는 자세가 좋다면 또 다른 이야기

지만, '살아가는 것 자체만으로 훌륭하다'라고 생각한다면 문

득 인생은 기분 좋은 것이 된다.

급식 시간의 연예인

최근 확실하게 깨달은 사실 하나가 있다.

나는 다른 사람을 웃기거나 즐겁게 하는 것을 좋아한다는 점이다.

처음 친구들을 재밌게 해주고 기뻤던 기억을 떠올려보면, 아마도 초등학교 저학년 시절이었던 것 같다. 언제나 실없는 농담을 던지며 반 친구들을 웃게 했다.

이 사실을 알게 된 계기는 최근 몇 차례 부탁받은 강연회에서였다.

새가슴인 나는 언제나 사람들 앞에서 이야기할 내용을 미리 프레젠테이션용 파워포인트로 전부 만들어놓고 강연을 시작해야 마음이 놓인다.

강연에 익숙한 사람은 대략적인 줄거리만 정해두고 당일 관객의 연령과 강연회장의 분위기에 따라 내용을 조절해서 이야기할 수 있지만, 겁이 많은 나에게는 꿈같은 이야기이다. 강연 내용을 화면에 확실하게 띄어놓은 후 애드리브가 생각나면 그때 이야기에 끼워 넣는다.

그런 내가 강연 프레젠테이션 자료를 만들면서 가장 중요하게 생각하는 부분은 웃음 포인트이다.

한창 프레젠테이션 자료를 만들다 보면 어느 순간 '여기서는 어떤 농담을 해야 사람들이 좋아할까?'라는 생각만 하고 있는 나를 발견한다.

이런 자신을 보면서 확실히 나는 다른 사람을 웃기는 것을 상당히 좋아한다는 사실을 깨달았다.

개그맨 야마구치 도모미쓰 씨, 흔히 애칭인 굿상으로 더 많이 알려진 그는 초등학교 시절 급식 시간마다 친구들을 웃기는 데 몰두했는데, 얼마나 열심히 했냐면 친구들이 너무 웃어서 급식으로 나온 우유를 토할 정도였다고 한다.

그런 굿상의 이야기를 듣고 나의 초등학교 시절 급식 시간을 떠올려보았다.

그 당시 나의 무기는 퀴즈였다.

급식 시간이면 나는 같은 반 친구들에게 퀴즈를 냈다.

퀴즈라고 해도 높은 지식을 요하는 그런 퀴즈는 아니었다.

어느 날은 수수께끼였다가, 또 어느 날은 추리 퀴즈였다가 하는 등, 특별한 지식이 없어도 누구나 곰곰이 생각해보면 알 수 있는 퀴즈들이 대부분이었다.

퀴즈를 내면 친구들은 고개를 끄덕거리면서 열심히 답을 생각했고, 너무 어려워하면 한 번씩 힌트를 주기도 했다.

반 친구들의 반응이 썰렁하지는 않았는지 궁금한가?

같은 반 여자아이가 담임 선생님과의 교환일기(지금은 모르겠지만, 옛날 초등학교에서는 이런 것을 했었다)에 '급식 시간에 니시자와 군이 내는 퀴즈가 즐거워요'라고 썼다고 하니, 나름대로 친구들도 재밌게 그 시간을 즐기고 있었다고 생각한다.

여하튼 나는 TV 방송 진행자처럼 농담을 섞어 웃기면서 퀴즈를 출제하여 급식 시간을 오락 시간으로 만들었고, 반 친구들은 그 적절한 여흥(웃음)을 즐겼을 것이다.

그렇다고 해도 생각해보면 이러한 개그 본능은 나에게 금전적으로 전혀 도움이 되지 않았다.

언젠가 나의 강연을 듣고 "니시자와 씨의 서비스 정신은 정말 굉장합니다"라는 감상을 보내온 사람이 있었다.

그분에게 왜 그런 생각을 했는지 물어보니, "강연에서 한 번씩 유머를 넣어서 재밌게 해주는 서비스 정신에 감탄했습니다"라는 대답이 돌아왔다. 다른 사람을 재미있게 해주는 일은 '서비스'였다는 사실을 알게 되었다.

서로가 행복해지기 때문에 '웃음'은 정말 대단하다.

앞으로도 나는 기회가 있을 때마다 꼭 유머를 넣어서 다른 사람들을 재밌게 해주려고 노력할 것이다.

대단한 사람이라는 착각

'손님은 왕이다'라는 말이 있다.

이 말을 '돈을 내는 손님이 가장 중요하다'라는 의미로 받아들여서 클레임을 거는 사람들이 있다. 왜, 그런 사람 있지 않은가. 음식점에서 점원이 실수했을 때, "이게 무슨 짓이야! 나는 손님이라고!"라며 소리 지르는 사람.

이런 사람은 손님인 자신이 이 가게에서 누구보다 대단하다고 생각하는 사람이다.

이번에 다룰 이야기는《마법의 말 25》,《의욕의 스위치》등의 저자이자, 이제까지 200만 명 이상의 사람들에게 강연해 온 꿈·실현 프로듀서, 야마자키 다쿠미 씨의 일화이다.

야마자키 씨가 어느 강연회 무대에 올라가서 강연을 막 시작하려고 할 때였다.

주최 측에게 건네받은 마이크의 손잡이에는 테이프가 감겨 있었는데, 그 테이프가 틀어졌는지 끈적거렸다. 계속 들고 있어야 할 마이크가 계속 끈적거린 탓에 야마자키 씨는 기분이 좋지 않았다고 한다.

이는 당연하게도 강연회 주최 측의 명백한 실수였다.

만약 마이크가 끈적거리는 탓에 강연자가 강연에 집중하지 못한다면 이는 중대한 비상사태이다.

야마자키 씨가 취할 수 있는 선택지로는 이야기를 잠시 멈추고 마이크를 바꾸는 방법과 끝까지 참고 강연을 모두 끝낸 다음 주최 측에 클레임을 제기하는 방법이 있다.

그러나 야마자키 씨는 두 가지의 선택지를 모두 취하지 않왔다. 오히려 이 해프닝을 '잘됐다'고 생각하고서 관객을 향해 이렇게 말했다.

"여러분은 잘 모르겠지만, 저는 지금 이 마이크와 싸우고 있습니다. 이 마이크에 테이프가 잘못 붙여지는 바람에 엄청 끈적거립니다."

그러면서 이번에는 자신의 앞 순서에서 해당 마이크를 사용해 강연한 친구에게 이렇게 말했다고 한다.

"저기, 이 마이크에 뭐 했어?"

강연회에 참석한 관객들은 일제히 웃음을 터뜨렸다.

바로 젖은 타월을 들고 여성 스태프가 무대 옆에서 뛰어 올라와서 마이크를 닦았는데, 닦은 마이크를 다시 받은 야마자키 씨는 이번에 이렇게 말했다.

"오? 이런 서비스도 있나요?"

관객석에서 또 한 번 웃음이 터졌다. 야마자키 씨는 주최 측의 실수에 클레임을 걸기는커녕 오히려 그런 상황을 이용해서 웃음을 끌어냈다.

또 다른 강연에서는 관객의 전화 벨소리가 울리자, 야마자키 씨는 이런 말로 웃음을 끌어냈다고 한다.

"좋은 음악이네요. 아! 전화 받으세요. 택배일 수도 있잖아요."

이렇게 다른 사람의 실수를 이해할 줄 아는 야마자키 씨는 이런 말을 한 적이 있다.

"사람은 착각해서 성공하고, 착각해서 무덤에 빠진다."

훌륭한 사람이 되겠다는 마음으로 열심히 노력한 끝에 성공을 하더라도, '자신이 대단한 사람'이라고 착각하지 않도록 주의해야 한다는 의미이다.

야마자키 씨가 이런 생각을 갖게 된 계기는 평소 존경하는 선배와 함께 강연할 때 겪은 일 때문이라고 한다.

그날은 강연회가 있을 회장에 선배와 함께 도착했다.

짐을 들어주겠다는 강연회 스태프의 말에 아무 생각 없이 자신의 짐을 건네고 대기실로 걸어가던 야자마키 씨는 우연히 선배의 부인이 선배 귓가에 속삭이는 말을 들었다.

"짐은 당신이 들어요. 본인이 대단한 사람이 됐다고 착각하지 마요."

이 말을 들은 순간, 야마자키 씨는 큰 충격을 받았고, '벼는 익을수록 고개를 숙인다'는 속담이 떠올랐다. 동시에 어느 순간 대단해졌다고 착각하고 있던 자신을 깊이 반성했다고 한다.

처음 이야기로 돌아가서 고객은 왕도 아니고, 점원보다 대단한 사람도 아니다. 고객은 가게가 제공하는 서비스와 상품에 대가를 지불하여 취할 뿐이며, 결국은 같은 인간이다.

스스로 대단하다고 여기는 착각은 아주 부끄러운 행동이다.

발길이 뜸해진 온천의 변화

이번에는 불편한 교통편이라는 치명적인 약점이 있는 어느 온천 관광지의 이야기이다.

그 온천 관광지는 다른 경쟁 온천들이 늘어선 거리에서 차로 한 시간 반이나 걸리는 산속에 자리 잡고 있었다.

게다가 있는 것이라고는 숙박 시설뿐이라서 이렇다 할 관광 코스도 존재하지 않았다.

관광객의 입장에서는 굳이 찾아가야 할 필요성을 못 느끼는 것도 당연했다.

그러다 보니 해가 갈수록 손님 수는 줄어들었다.

점차 온천이 관광지로서 경제적인 효과를 기대하기 힘들어지자 여관의 수도 줄어들기만 했다.

그렇게 온천 관광지는 쇠퇴해가다가, 이대로는 안 된다며 관광지에 변화를 불러일으킨 사람들이 있었다. 그들은 여관을 2대째 이어오던 젊은이들이었다.

그들은 1986년 조합을 구성해서 온천 전체를 개혁해나가기 시작했다.

시작의 중심에는 하나의 끌이 있었다.

조합원 중 한 사람인 당시 24세의 젊은이가 '온천에 인기 아이템을 만들자!'는 생각으로 3년에 걸쳐 끌 하나로 동굴탕을 완성했다.

또 그는 나무를 벌채하고 노천탕을 만들었고, 그 노하우를 주위 여관에 전파했다.

그의 노하우를 전해 받은 각 여관은 차례차례 자신들만의 노천탕을 만들어나갔다.

교통편이 안 좋은 산속의 온천 관광지였다.

그러나 노천탕에 몸을 담근 채 바라보는 산속의 풍경은 사람의 손이 거치지 않은 자연 그대로의 멋진 장관이었다.

자연의 풍경을 살려서 만든 노천탕은 야취가 풍부하고 실로 소박한 맛이 있는 관광 포인트가 되었다.

아무것도 없는 산속의 온천이라는 **치명적인 약점**이 '강점'**으로 확 바뀐** 순간이었다.

이 온천 관광지의 이름은 바로 '구로카와 온천'이다.

그렇다. 일본 온천 인기 순위에서 언제나 1, 2위를 다툴 정도로 인기를 자랑하는 구마모토현의 구로카와 온천이다.

끌 하나로 동굴탕을 완성한 젊은이는 후에 '구로카와의 아버지'라고 불리게 된 고토 데쓰야 씨이다.

1994년 구로카와 온천의 청년부는 '구로카와 온천, 하나의 여관'이라는 비전을 내세웠다.

이는 구로카와 온천은 '거리 전체가 하나의 온천 여관이다'
라는 이념을 나타낸 것이다.

당일치기 고객이 복수의 온천을 자유롭게 즐길 수 있는 '입
탕 표'와 노천탕을 순회하는 셔틀버스 운행 등은 모두 이 이
념을 바탕으로 만들어진 아이템이다.

산속이라는 과거의 약점을 오히려 확실하게 살리고자 도로
폭을 넓히지 않았고 대형 버스 운행도 하지 않았다.

단체 관광객을 피하고 소수 정예의 손님만 받음으로써 거
리의 풍정을 그대로 유지하면서 산의 경관을 해치지 않았다.

만약 교통수단의 약점을 극복하려고 길 폭을 넓혀서 대형
버스들이 왕래하는 길을 만들었거나 오락 시설을 유치했다
면, 자연 그대로의 풍경이라는 구로카와 온천만의 특징도 사
라지고 지금의 성공은 아마 없었을 것이다.

'교통의 불편함'이라는 치명적인 약점조차 시점을 바꾸면
강점으로 활용할 수 있다.

약점은 강점이다.

당신이 치명적인 약점이라고 고민하는 부분도 어쩌면 그럴 필요가 없을지도 모른다. 발상의 전환으로 당신의 약점은 강점이 될 수 있다.

토끼는 왜 거북이에게 졌을까

어린 시절 집에는 이솝우화 그림책이 있었다.

〈개미와 베짱이〉, 〈해님과 바람〉, 〈시골 쥐와 도시 쥐〉 등을 질리지도 않고 몇 번이나 읽은 기억이 있다.

아는 사람은 알겠지만, 이솝 또는 아이소포스(이솝은 영어식 이름)라고 알려진 사람은 고대 그리스 노예였다.

그는 자신이 만든 이야기를 사람들에게 자주 들려주었는데, 후에 노예에서 풀려난 다음부터는 우화 작가가 되어 각지를 돌면서 생활했다는 기록이 남아 있다.

고대 그리스의 노예 한 사람이 상상으로 만들어낸 이야기가 지금의 아이들에게까지 전해졌다고 하니, 실로 놀라운 일이다. (엄밀히 말하면, 도중에 이솝 원작 외의 이야기가 추가되었다고는 하지만⋯⋯.)

그렇게 전해져 내려온 이솝우화 중에서도 많은 사람의 사랑을 받은 이야기는 〈토끼와 거북이〉이다. 이번 이야기의 주제는 이솝우화 〈토끼와 거북이〉에 관해 한 번쯤 생각해볼 법한 내용이다.

글쓰기와 관련해서 많은 저서를 출간한, 스스로를 '북 라이더'라고 말하는 우에사카 도오루 씨는 이제까지 3,000명 이상의 사람들과 인터뷰한 경험이 있는 인터뷰어이기도 하다. 그가 어느 은퇴한 경영인과 인터뷰할 때였다. 인터뷰 도중 상대는 우에사카 씨에게 이런 질문을 던졌다.

"우에사카 씨, 왜 토끼가 거북이에게 졌는지 아시나요?"

예상치 못한 질문에 조금 당황하면서도 우에사카 씨는 대답했다.

"그건 토끼가 방심해서 낮잠을 잤기 때문…… 아닌가요?"

은퇴한 경영인은 이렇게 반문했다고 한다.

"모두들 그렇게 생각하시죠? 하지만 사실은 그렇지 않습니다. 그럼 왜 토끼는 하필 그곳에서 잠을 자버렸을까요? 토끼는 꼭 봐야 할 곳을 보지 않았습니다. **토끼가 골인 지점만을 보고 달렸다면 거북이를 제치고 이겼겠지만, 토끼는 골인 지점이 아니라 거북이를 봤습니다.** 그래서 자신보다 느린 거북이를 보고 안심하여 잠을 자버린 거죠. 그에 비해 거북이는 토끼를 보지 않았습니다. 자고 있는 토끼를 보지 않았기 때문에 걸음을 멈추지 않았던 것이죠. 결국 골인 지점만을 보고 **있던 거북이였기 때문에 이길 수 있었습니다.**"

절로 고개가 끄덕여지는 이야기이다.

중요한 것은 '경쟁 상대에게 현혹되지 않고, 자신의 목표인 골인 지점만 바라보며 걸음을 멈추지 않는 것'이다.

인생에서 다른 사람과 자신을 비교하지 말고 자신의 길을 차근차근 걸어가면 된다는 의미이다. 또 목표를 잃으면 누구에게도 이길 수 없다는 교훈도 얻는다.

우리는 주위에 현혹되지 말고, 자신의 골인 지점만 바라보며 계속 전진해나가야 한다. 그러면 승리의 여신이 우리를 향해 웃어줄 것이다.

가슴에 깊이 새겨야 할 말이다.

5장

커다란
사랑을
느끼다

언제까지나 잊히지 않고
마음에 남는 이야기

산타클로스가 찾아온 밤

기억이 정확하진 않지만, 아마 내가 초등학교에 들어가기 전의 일이었던 것 같다.

그날은 크리스마스이브였고 우리 집에 산타클로스가 찾아왔다.

알고 보니 꿈이었더라, 같은 이야기가 아니라 진짜 찾아왔다.

굴뚝으로 들어왔느냐고 묻는다면, 아니다.

현관으로 당당히 들어왔다.

저녁 7시 즈음이었을까?

당시 현영주택*이던 우리 집의 초인종을 눌러 자신의 존재를 알린 방문자.

크리스마스이브에 찾아온 손님이라면 그 당시 나로서는 산타클로스 외에 생각나는 사람이 없었다. 어린 나는 산타의 실제 모습을 보려고 용기를 내어 쭈뼛거리며 현관으로 다가갔다.

현관에는 문을 열기 위해 먼저 간 엄마와 이야기를 나누는 빨갛고 하얀 산타 옷을 입은 산타클로스가 있었다!

우와아아!

어? 자세히 보니 왜인지는 모르겠지만 산타클로스가 '할머니'였다.

산타클로스에게 "추운데 고생이 많아요"와 같은 말을 하는 엄마를 보며 어린 나이였지만, 엄마의 인맥이 생각보다 넓어서 깜짝 놀랐다.

• 일본의 광역 행정 구역인 현(県)에서 관리하는 주택.

'왜, 왜 산타가 할머니지? 그리고 엄마랑 어떻게 아는 사이인 거야?'

머릿속에 물음표가 회오리처럼 빙글빙글 돌며 혼란스러워하고 있는 나에게, 할머니 산타는 가지고 온 종이봉투에서 '산타클로스 양말 모양의 과자 세트'를 꺼내어 **"메리 크리스마스"** 하고 내밀었다.

과자 세트, 근처 슈퍼에서 팔았던 것 같은데…….

연속되는 물음표의 공격으로 사고가 막혀버린 탓에 멍해졌지만, 어린 나는 본능적으로 감사해하며 과자를 받아 들었다.

할머니 산타는 역할을 끝내자마자 엄마에게 "그럼 이만 가보겠습니다"라고 말하고, 옆집으로 갔다.

어른이 되어서 다시 생각해보고는 마을 자치회에서 산타클로스 역할에 선발된 할머니가 아이들이 있는 가정을 돌면서 과자 세트를 나눠줬다는 것을 알았다.

아무리 그래도 산타클로스 역할은 적어도 남자가 해주던가, 산타가 되었다면 엄마와 대화는 하지 말던가 해야 하지 않는가. 마을 자치회의 대응이 너무 허술해서 지적해야 할 부분이 산더미다. 그래도 그 **허술함이 따뜻하다.**

언젠가 아이들을 위해 간 백화점 특별 전시의 애니메이션 캐릭터 쇼에서 인형 탈을 쓴 캐릭터들이 등장했다. 애니메이션에서는 아이들보다 키가 작은 도라에몽이나 피카츄가 어째서인지 캐릭터 쇼에서는 거대화되어 2미터에 가까워져 있다. 어른이 보면 '뭐야'라고 생각할 정도로 격변해 있다.

압도적인 크기에 무서워서 우는 일부 아이들을 제외하고는 어떤 아이든지 기쁘게 거인 인형 탈 캐릭터와 악수하고 함께 기념사진을 찍는다.

아이들이 바보도 아니고, 눈앞에 있는 인형이 가짜임은 이미 알고 있다. 그러나 **알고는 있지만 용서해준다.**

'뭐, 크기는 그렇다고 해도 겉모습은 비슷하니 용서해줄까'라며 아이들을 속이려는 어른의 얕은 수에 오히려 아이들이 먼저 속아주는 것이다.

작은 체구의 넓은 마음.

아이는 그 누구보다 대단한 존재라서 용서하고 무조건적으로 받아주는 천재이다.

아이를 기쁘게 하기 위한 어른의 마음.

그리고 그 마음을 받아서 속아주는 아이들.

가짜 산타도, 허술한 인형 탈도 따뜻한 마음으로 감싸 안아서 용서해준다.

인생의 우회로

나의 지인 중에 구리타 마사유키 씨라는 고등학교 선생님이 있다.

이름에 '栗'(밤 율)이라는 한자가 들어가서 애칭이 '마롱* 선생'이다. 이름만이 아니라 짧게 자른 헤어스타일의 머리 꼭대기 부분이 솟아 있어서 얼굴의 인상도 약간 밤 같다(구리타 선생님, 미안!). 아마 전생에 밤이었을 것이다(구리타 선생님, 또 미안!).

....

* 마롱(marron)은 밤을 뜻하는 프랑스어.

마롱 선생은 현역 고등학교 선생님이자, 화법과 필기법 등을 주제로 집필한 저서가 10권이 넘는 굉장한 사람이다.

마롱 선생이 고등학교 3학년 반을 맡았을 때, 졸업식 날 학생들에게 남긴 마지막 메시지에 관한 이야기이다.

고등학교에서는 졸업식장에서 졸업장을 학생들에게 나눠준 뒤, 교실에서 마지막 종례 시간을 갖는다.

이 마지막 종례 시간에는 졸업식에 참석한 보호자들도 교실 뒤편에 서서 참관한다.

마롱 선생은 제한된 시간을 유용하게 사용하기 위해 연락사항은 학급 통신에 정리해두고, 종례 시간에는 반 학생 한 사람 한 사람에게 간단하게 한마디씩 소감을 발표하게 한다.

왜냐하면 그날의 주인공은 학생들이기 때문이다.

평소에 말수가 많든 적든 모두가 쑥스러워하며 반 친구들과 선생님에게 그동안 하지 못했던 감사의 마음을 전한다.

마롱 선생은 그런 그들을 보면서 '앞으로도 잘 해내겠구나!' 하며 안심한다고 한다.

마지막은 드디어 마롱 선생이 학생들에게 전하는 말.

마롱 선생님은 다음과 같은 말을 학생들에게 전했다.

"학기 초에 말한 급훈 기억하고 있습니까? 나는 '제1지망 학교에 합격하자'라고 말하지 않았습니다. 지금 자신의 상황을 생각하면 아는 사람도 있겠지만, 모두가 제1지망 학교에 합격할 수는 없기 때문입니다. 그보다는 지금 겪은 실패와 후회를 뛰어넘는 강한 정신력을 배우는 편이 더 멋집니다.

나도 한번 선생님을 그만두고 음식업계로 뛰어들었던 적이 있는데, 반 년 만에 그만두고(일동 폭소), 다시 학원 강사를 거쳐 지금 이렇게 여러분 앞에 있습니다. 만약 나를 좋은 선생님이라고 생각해주는 사람이 있다면, 그것은 내가 그런 '인생의 우회로'를 걸어온 뒤, 그 경험을 지금의 일에 활용하고 있기 때문입니다. 그러니 재수를 하거나, 혹은 다른 길로 돌아가는 것은 결코 나쁘지 않습니다. 앞으로 그 우회로가 여러분의 인생에서 좋은 경험이 되어 웃는 날이 반드시 올 것입니다.

학기 초에 내가 말한 급훈. 그것은 '누구 한 사람 빠짐없이 모두 웃으면서 졸업하자'였습니다. 모두 이 급훈을 실현해주었습니다. 졸업 축하합니다!"

멋진 마지막 인사이다!

인생에서 이런 말을 해주는 선생님과 만난 학생은 그 자체만으로도 행운이자 행복한 사람이라고 생각한다.

마롱 선생이 이렇게 훌륭한 인사를 학생들에게 전할 수 있는 이유는, 마롱 선생 자신도 말했듯, 선생이 '우회로'를 걸은 덕분이다.

만약 한 번도 좌절한 적 없이 학교 선생님이 되어 오로지 교사라는 세계밖에 몰랐다면 이런 말은 하지 못했을 것이다.

지금 자신의 목표를 향해 돌아가는 길을 선택했다고 느끼는 당신.

우회로, 나쁘지 않은 것 같다.

돌아가는 길 덕에 발견할 수 있는 꽃도 있다는 사실을 기억해두길 바란다.

세대교체라는 부담

일본의 국민 애니메이션 〈도라에몽〉.

주요 캐릭터는 도라에몽, 노비타, 시즈카, 자이안, 스네오, 이렇게 다섯 명이다.*

이 다섯 명의 성우들이 전면 교체된 것은 2005년 4월이었다.

....

* 국내 방영 시 노비타는 노진구, 시즈카는 신이슬, 자이안은 만퉁퉁, 스네오는 왕비실로 이름이 바뀌었다.

애니메이션이 방송된 지 25주년을 맞이한 시점부터 다섯 명 사이에서는 '이제 슬슬 졸업할 때가 아닌가?'라는 이야기가 나오기 시작했고, 2004년 5월 다섯 명 모두 뜻을 같이하기로 했다.

이렇게 이뤄진 '성우의 세대교체' 때부터 도라에몽의 목소리를 담당한 사람은 성우 미즈타 와사비 씨이다.

미즈타 씨는 도라에몽 역할에 뽑혔을 당시, 감격한 나머지 눈물을 쏟았다고 한다.

이렇게 기쁜 미즈타 씨와는 달리, 26년이라는 긴 시간 동안 오야마 노부요 씨가 연기한 도라에몽 목소리에 익숙해진 세간의 여론은 격렬한 반대의 의견을 쏟아냈다.

미즈타 씨는 우울해질 것을 알면서도 참지 못하고 모든 악플을 읽었고, 자신감이 바닥으로 떨어졌다.

일상생활 중에도 새로운 도라에몽 목소리에 대한 부정적인 의견이 들려와서, 한동안 주위 사람들 모두가 자신의 목소리를 비판한다는 생각이 들었다고 한다.

아무도 없는 집에서 〈도라에몽〉 대본을 보고 있으면 머릿속에서 오야마 씨의 목소리가 들렸다고 하니, 상당히 괴로웠을 그녀의 마음을 알 수 있다.

그러던 어느 날 갑자기 미즈타 씨는 당당하고 강한 태도로 돌변했다.

'그래, 내 나름대로 귀여운 도라에몽을 만들어보자!'라는 마음이 생겨났고, 자신의 괴로움을 딛고 일어섰다고 한다.

굳건해진 미즈타 씨는 그 이후로 꿋꿋하게 자신만의 도라에몽을 만들어나갔는데, 그런 그녀가 다시 한번 눈물을 흘린 것은 그녀가 도라에몽 역할을 이어받은 지 10년이나 지난 〈도라에몽 극장판 2015〉 이벤트에서였다.

도라에몽 신작 영화의 개봉과 더불어 첫 번째 도라에몽 극장판의 35주년을 맞이하여 개최된 이 이벤트에는 깜짝 게스트가 있었다. 바로 노비타 목소리의 전임자인 오하라 노리코 씨였다.

선배 오하라 씨는 세대교체 당시 심한 비난으로 고민했다고 밝힌 미즈타 씨와 현재 노비타 역할의 성우 오오하라 메구미 씨에게 이런 응원의 말을 전했다.

"예전 목소리가 좋다는 이야기도 들었을 테지요. 새로운 시도에는 으레 반발이 따르니까요. 그러나 10년을 이어왔다면 여러분은 이미 진짜 도라에몽이고, 진짜 노비타예요. 여러분들이 작품을 다음 세대에게 소중히 잘 넘겨주고, 또 다음 세대로 잘 넘겨주면서 작품이 계속 사랑받고 이어지는 것만큼 훌륭한 일이 또 있을까요."

오하라 씨는 마지막에 이렇게 결론지었다.

"당신들의 힘은 굉장합니다!"

노비타 목소리의 전임자에게서 든든한 응원을 받은 와사비 씨와 오오하라 씨는 참았던 눈물을 쏟아냈다.

훌륭한 전임자에게서 일을 물려받은 뒤 주위에서 쏟아진 비교의 목소리에 강한 압박을 받은 사람은 사실 우리 주변에 많을 것이다.

그러나 전임자가 아무리 위대한 사람이라고 하더라도 그런 것은 중요하지 않다.

전임자는 전임자.

당신은 당신!

미즈타 씨가 '내 나름대로 귀여운 도라에몽을 만들어보자!' 라며 믿고 일어났듯, 자기 나름의 방법에 대한 굳은 믿음이 전임자의 그늘에서 빠져나오는 가장 좋은 방법이다.

위대한 전임자의 후임으로 발탁된 당신을 믿자! 그리고 당신의 방법으로 당신답게 꾸준히 해나가면 된다.

자이안의 꿈

또 하나, 〈도라에몽〉 성우의 이야기이다.

성우 다테카베 가즈야 씨는 골목대장 자이안의 목소리를 26년 동안 담당했던 사람이다. 그 외에도 〈명랑 개구리 뽕키 치〉*의 고리라이모 역할, 〈얏타맨〉**의 돈즈라 역할 등 골목

....

* 요시자와 야스미의 만화를 원작으로 만든 일본 애니메이션.
** 일본에서 1977년부터 1979년까지 방영된 애니메이션으로, 국내에서는 〈이겨라 승리호〉라는 이름으로 방영되었다.

대장이나 악역의 목소리를 주로 연기하는 성우이지만, 실제 성격은 아주 상냥한 사람이다.

다른 성우와 마찬가지로 2005년 3월로 자이안 역할을 은퇴한 다테카베 씨에게는 꿈이 하나 있었다.

그 꿈은 새로운 자이안 성우와 함께 술을 마시는 것이었다.

함께 술을 마시며 응원해주고 싶었던 다테카베 씨의 소박한 소원에서 그가 얼마나 따뜻한 마음씨를 지닌 사람인지 느낄 수 있다.

하지만 다테카베 씨의 바람에는 누구도 예상하지 못한 방해 요소가 기다리고 있었다.

새롭게 자이안 역할을 담당하게 된 기무라 스바루 씨의 나이가 교체 당시 14살이었던 것이다.

미성년자라고 하기에도 한참 어린 나이였다.

이제 막 중학생이 된 어린 소년과 술을 마시는 일은 상상도 할 수 없었다.

결국 다테카베 씨는 기무라 성우가 성인이 될 때까지 기다리기로 했다.

자이안과 자이안의 술자리가 마련되어 두 사람이 잔을 나눌 수 있게 된 것은 그로부터 약 5년 후, 기무라 성우가 20세 생일을 맞은 2010년 6월이었다.

자신이 성인이 될 때까지 묵묵히 기다려준 다테카베 씨와 염원의 건배를 할 수 있게 된 기무라 스바루 씨는 감격한 마음을 자신의 트위터에 다테카베 씨와 단둘이 술을 마시는 사진을 올리면서 "기쁘고 또 기쁩니다"라는 말로 표현했다. 그러면서 이날의 기쁨에 대해 이렇게 써 내려갔다.

"'정말 오래 기다려주셨습니다'라는 말과 함께 눈물을 흘리면서 우리 두 사람은 몇 번이나 건배를 했습니다. 지금까지도 나에겐 무엇보다 행복했던 순간 중 하나로 남아 있습니다."

이날, 다테카베 씨는 기무라 씨에게 이런 말을 해주었다고
한다.

**"자네는 굉장해. 자네다운 자이안을 앞으로도 열심히 연기
해주었으면 좋겠네."**

다테카베 씨는 이 응원의 메시지를 전하고 싶은 마음을 5년
이나 억누르며 때를 기다리고 있었을 것이다.

자신 다음으로 자이안을 맡게 된 후임자와 함께 술을 마시
는 꿈을 이룬 다테카베 씨는 하늘도 무정하게 그 꿈을 이룬
지 불과 한 달 뒤 위암 선고를 받았다.

다테카베 씨가 세상을 떠난 것은 그로부터 5년 후, 2015년
6월 18일이다.

향년 만 80세의 그를 보낸 밤 〈도라에몽〉의 스네오 역할로

26년간 다테카베 씨와 함께 연기를 했던 성우 기모쓰키 가네타 씨가 스네오의 목소리로 이런 말을 전하여 조문객의 눈가를 적셨다.

"자이안, 자이안이면서 왜 먼저 가버렸어."

내가 학생 시절 들었던 자이안의 목소리는 이제 없다. 그러나 그의 훌륭한 DNA는 새로운 자이안에게 확실히 전달되었다.

잊지 못한 한마디

〈도라에몽〉 성우들의 이야기를 했는데, 이번에는 작가인 후지코 F. 후지오 씨의 따뜻한 이야기를 다뤄볼까 한다.

《도라에몽》의 수많은 작품 중에서도 인기가 많아서 단편영화로도 제작되었던 명작, 〈노비타의 결혼 전야〉가 있다. 그 내용 중에는 미래의 시즈카가 노비타와의 결혼식 전날 밤 아버지에게 앞으로 자신들이 잘 해나갈 수 있을지 걱정되는 마음을 전하는 장면이 있다.

그때 시즈카의 아버지는 딸에게 이런 말을 한다.

"아빠는 노비타를 선택한 너의 판단이 옳았다고 생각한다. 그 청년은 다른 이가 행복하길 바라고, 다른 이의 불행을 함께 슬퍼할 줄 아는 아이야. 사람에게는 그 점이 가장 중요한 것이란다. 노비타 군이라면 틀림없이 시즈카 너를 행복하게 해줄 거라고 나는 믿어."

다른 사람의 행복을 빌고, 다른 사람의 불행을 함께 슬퍼하는 마음이 사람에게 가장 중요한 것…….

후지코 F. 후지오 씨가 《도라에몽》 독자인 아이들에게 가장 전하고 싶었던 메시지가 아니었을까.

한마디로 정의하자면, 그것은 **다정한 마음**이다.

이런 다정한 마음을 실제로 보여준 사람은 다름 아닌 후지코 F. 후지오 씨 본인이었다.

예를 들면 원고의 마감에서도 후지코 씨의 다정한 마음을 느낄 수 있다.

만화가 데즈카 오사무* 씨는 마감 지각 단골손님이었던 데 반해(데즈카 선생님의 업무량을 생각하면 지킬 수 없었던 것이 어쩌면 당연할지도……), 후지코 씨는 단 한 번도 마감을 어긴 적이 없다고 한다.

알다시피《도라에몽》은 일찍이 출판사 쇼가쿠칸에서 나온 학년 잡지**《초등학교 1~6학년》)에 게재되었다. 그때 후지코 씨는 저학년부터 고학년까지 학년별로《도라에몽》을 나눠 그렸기 때문에, 매호 6권 분량의《도라에몽》을 그린 셈이다.

매회, 수준 있는 작품을 6권이나 나눠 그리면서도 마감을 착실하게 지켰다는 점은 경이롭기까지 하다(덧붙여서 이 학년별 도라에몽을 모두 읽고 싶어 하는 독자들을 위해 총편집본으로 태어난 것이《코로코

---

* 일본 만화의 신이라 불린 만화가. 대표작으로《우주소년 아톰》,《밀림의 왕자 레오》,《리본의 기사》,《블랙잭》등이 있다.
** 유치원생, 초등학생, 중학생, 고등학생을 위한 학년별 학습 잡지.

로코믹》*이다).

후지코 씨가 마감을 엄격하게 지키는 배경에는 **마감을 지키지 못하면 편집자와 마감으로 늦어진 인쇄소의 업무에 민폐를 끼치게 된다**는 생각이 있다.

다정함이 만들어낸 결과이다.

마지막은 후지코 씨의 에피소드 중 내가 가장 좋아하는 이야기이다.

오랫동안 노비타 목소리를 담당했던 성우 오하라 노리코 씨가 잡지 인터뷰에서 밝힌 후지코 F. 후지오 씨와의 일화이다.

때는 애니메이션 〈도라에몽〉의 기념비적인 제1회 녹음 날이었다.

중요한 날이었지만 오하라 씨는 불행히도 지독한 감기로

---

* 초등학생을 대상으로 쇼가쿠칸에서 발행한 월간 만화 잡지.

목소리가 전혀 나오지 않았다.

녹음 스튜디오에는 후지코 씨를 비롯하여 방송 제작 스태프가 한자리에 모여 있었다.

모두가 기념비적인 첫 회 녹음을 기다리고 있는 엄중한 상황 속에서 주인공인 노비타 역할을 맡은 오하라 씨의 목소리가 나오지 않는 것이었다.

어쩔 수 없이 결국 그날 예정된 녹음은 중단되었고 대신 오하라 씨는 스태프 모두에게 식사를 대접했다.

녹음에 지장을 초래한 오하라 씨는 각 테이블을 찾아다니며 사과의 인사를 했다.

그때 후지코 F. 후지오 씨는 자신의 테이블로 온 오하라 씨에게 다정하게 한마디를 건넸다.

"노비타답네요."

후지코 씨의 말에 오하라 씨는 어쩐지 구원받은 기분이 들었다.

　그로부터 26년간 노비타를 연기한 오하라 씨의 가슴 한편에는 후지코 씨의 다정한 이 한마디가 새겨져서 항상 마음속에 남아 있었다고 한다.

흰색 지팡이의 사인

'무지(無知)'는 때론 아주 슬픈 오해를 낳는다.

시각장애인이 흰색 지팡이로 점자 블록을 탁탁 치면서 걸어가고 있는데, 어떤 할아버지가 시끄럽다며 주의를 줬다.

지팡이로 소리를 내며 걷는 이유를 일일이 설명할 마음이 들지 않아, 그 시각장애인은 억울한 마음을 숨긴 채 할아버지(처럼 들리는 목소리의 주인)에게 죄송하다며 사과하고 서둘러 자리를 떠났다고 한다.

눈이 불편한 사람이 흰색 지팡이로 바닥을 치면서 걷는 데는 이유가 있다.

지팡이로 내는 소리는 **주위 사람에게 자신의 존재를 알리기 위한 수단이다.**

눈이 보이면 옆에서 다가오는 사람을 알아차리고 부딪치는 것을 피할 수 있지만, 보이지 않으면 갑자기 다가오는 사람을 막을 방도가 없다.

게다가 최근에는 스마트폰을 보며 걷는 사람이 많아져서 더욱 위험하다.

휴대전화를 보며 길을 걷는 것은 도로 한가운데를 눈을 감고 걷는 것과 마찬가지이다.

이렇게 다른 곳에 집중하며 걷는 사람들에게 자신의 존재를 알리기 위해, 그들은 열심히 지팡이로 콩콩 소리를 내면서 걷는다.

그 소리가 거슬려서 시끄럽다며 핀잔을 준 할아버지는 그

런 사정을 알지 못했고 생각해볼 마음의 여유도 없는 탓에, 눈
이 보이지 않는 사람이 길을 걸으며 내는 소리를 단순히 버릇
이라고만 생각했을 것이다.

눈이 불편한 사람들이 자주 겪는 안타까운 이야기가 또 하
나 있다.

시각장애인이 전철 노약자석 옆에서 휴대전화를 꺼내자 가
까이에 있던 중년 여성이 "공공장소에서, 특히 노약자석 앞에
서 휴대전화를 켜면 안 되죠!"라며 무섭게 화를 냈다.

주의를 받은 시각장애인은 슬픈 마음을 억누르면서 죄송하
다며 사과했다고 한다.

사실 휴대전화는 **눈이 불편한 사람들에게는 시계 역할도
한다.**

시계를 볼 수 없는 그들은 시간 정보 서비스에 전화해서 소
리로 시간을 듣는다.

최근 버튼을 누르면 음성으로 시각을 읽어주는 시계도 발매되었다고 하는데, 일본의 시각장애인들은 주로 촉각을 이용하여 버튼 조작이 가능한 갈라파고스 휴대전화*를 사용하여 시간을 확인한다.

화를 낸 중년 여성(처럼 들리는 목소리의 주인)은 그런 사정을 알지 못한 채 앞서 할아버지와 같이 자신을 '정의의 사도'라고 생각하여 공공장소에서 예의가 없다(?)고 느끼는 행동에 매정한 주의를 주었다.

휴대전화가 심장박동조율기에 영향을 미친 사례는 세계에서 단 한 건도 없었으며, 이미 총무성**에서도 '걱정할 필요가 없다'는 발표를 한 적이 있다. 목소리의 주인은 이른바 도시 전설***에서 들은 정확하지 않은 정보에만 치중해서 눈이

----

* 일본이 오랫동안 독자적인 형태로 개발해온 휴대전화. '가라케'라고 불린다.
** 일본의 중앙 행정 기관.
*** 일본은 휴대전화의 전파가 심장에 악영향을 줄 수 있다는 의견에 따라 병원이나 전철 노약자석 근처에서는 휴대전화 사용을 금지해왔지만, 최근 발표를 통해 이는 잘못된 속설임이 밝혀졌다.

보이지 않는 사람에게 괜한 트집을 잡은 셈이 되었다.

무지는 이런 안타까운 오해를 낳는다.

눈이 불편한 사람이 흰색 지팡이를 소리 내면서 걷는 이유나 공공장소에서 휴대전화를 꺼내 든 이유를 더 많은 사람이 알고 있다면, 이렇게 슬픈 오해가 생기지 않을 것이다.

올바른 이유를 알고, 상대의 사정을 생각해볼 줄 아는 마음의 여유를 갖는 것이 친절함의 첫걸음이다.

정의의 편에 선 아군의 비난이 큰소리를 내는 지금의 세상에서는 이런 오해가 더 슬프다.

세상의 불합리함을 알았을 때

호리에몽으로 알려진 호리에 다카후미* 씨가 세상의 불합리함을 알게 된 시기는 유치원 학예회 때였다고 한다.

학예회는 고급 요릿집의 연회장을 빌려 열렸는데, 학예회의 하이라이트인 연극의 배역 분담은 그 당시 어린아이였던 호리에 씨가 보아도 이상했다고 한다.

---

* 일본 IT업계의 기업가로, 통통한 체격과 호감 있는 인상에서 호리에몽(호리에+도라에몽)이라는 애칭을 갖고 있다.

왕자 역할은 고급 요릿집의 아들에게 돌아갔다.

그렇게 잘 생기지 않은 친구였지만 호리에 씨는 어느 정도 이해했다고 한다.

더 이상했던 배역 분담은 바로 공주 역할이었다.

마음에 없는 소리로라도 귀엽다는 말이 전혀 나오지 않는, 그러나 부모님이 의사였던 여자아이가 공주 역할을 맡았고, 오히려 반에서 아주 예쁘고 귀여워서 호리에 씨도 좋아했던 여자아이는 개구리 역할을 맡았다. 그리고 집이 가난했던 호리에 씨는 병정 A였다. 부모가 학교에 무언가를 기부하는 부잣집 아이가 학예회 주인공이 되는 만화 같은 실화였다.

유치원 시절 호리에 씨는 냉정한 현실을 깨닫고, 어린 시절부터 '세상은 돈이다'라는 생각을 하기 시작했다고 한다.

비슷한 이야기로 흔히 긴짱이라고 불리는 개그맨 하기모토 긴이치 씨의 일화가 있다.

하기모토 씨가 세상의 불합리함이랄까, '어른의 세계에서 일

어나는 암묵적 룰'을 안 것은 고등학교 시절이었다.

국어 시험에서 하기모토 씨는 70점을 받았고, 옆 자리 친구는 60점을 받았다.

그러나 성적표에 적힌 평가는 하기모토 씨가 10단계 평가 중 6이었고, 옆자리 친구는 한 단계 높은 7이었다.

이상하다고 여긴 하기모토 씨는 교무실에 가서 선생님에게 말했다.

"70점인 제가 60점인 그 친구보다 성적이 왜 나쁘게 나왔나요? 그 전에 봤던 시험도 제가 조금 더 잘 봤습니다. 이유를 말해주세요."

단도직입적으로 묻는 하기모토 씨에게 선생님은 잠시 생각을 한 뒤 이렇게 말했다고 한다.

"하기모토, 미안하구나. 선생님도 여러 가지 입장이 있단다. 그 친구 부모에게 꽤 많은 선물을 받았어. 성적에는 이러한 사정이 반영된 거야."

정말 무서운 말이다.

지금이야 이런 일이 밝혀지면 해당 선생님은 교직을 떠나는 것이 보통이지만, 그 당시만 해도 공공연하게 이런 일이 벌어졌다.

선생님의 말을 들은 하기모토 씨도 당연히 화가 났……다고 생각하는 것이 보통이겠지만, 그는 이렇게 생각했다고 한다.

'이 선생님은 솔직한 사람이다. 속이지 않고 나 같은 고등학생에게 진실을 말해주다니. 세상은 돈을 가진 사람이 득을 보게 만들어졌다. 나 같은 가난한 사람은 사회에 나가면 아주 노력을 많이 하지 않으면 안 된다고, 선생님이 알려준 것일지도 모른다.'

호리에 씨와 하기모토 씨. 두 사람은 모두 같은 상황을 경험했다.

상황을 받아들인 방법에는 미묘하게 차이가 있지만, 두 사람 모두 '세상은 절대 아름다운 일만으로 가득하지 않다', '결국 돈이 모든 것을 말한다'라는 불공평한 진실을 알고, 부정적인 정보를 미래를 위한 긍정적인 방향 전환의 밑거름으로 사용했다.

'환멸스러운 진실'을 알았을 때, 가장 좋지 않은 반응이라고 해야 할지, 안타까운 반응이라고 해야 할지는 모르겠지만, '어차피 세상은 그런 것'이라며 의욕을 잃어버린 채 포기하는 사람들이 있다.

회사에서 실력도 없는 임원 아들이 자신보다 더 빨리 승진하더라도, 신경 쓰지 않고 자신의 일을 묵묵히 해나가는 자세가 최선의 방법이다. 왜냐하면 그 임원 아들도 주위의 색안경 때문에 그 나름의 괴로움이 있을 것이 분명하기 때문이다.

그 사람에 대해서는 '저 사람도 몸에 맞지 않는 출세를 해서 주위의 시샘 때문에 힘들 거야' 정도로만 생각하면 된다.

그보다 자신의 실력에 집중하고, 더 자신을 갈고 닦으며, '낙하산으로 들어온 사원의 편의만 봐주는 회사는 빨리 나가

자'라는 마음으로 자신의 상황을 긍정적으로 바꾸려고 노력

하는 자세가 훨씬 더 이득이다.

너희들의 엄마는……

어느 모자(母子)의 이야기이다.

아버지 K 씨는 바쁜 업무로 가족과의 시간을 제대로 갖지
못하는 사람이었다.

그런 상황이 지속되면서 점차 부인과도 사이가 소원해져
결국 이혼에 이르렀다.

K 씨 부부가 이혼을 결정했을 당시, 두 아들의 나이는 각각
네 살과 한 살로 한창 부모의 보살핌이 필요한 나이였다.

이런저런 이유로 두 아이는 모두 아버지인 K 씨가 맡아 키우기로 했다.

하지만 아버지 K 씨의 업무는 여전히 많았고 언제나 바빴다.

그러다 보니 두 아이의 육아를 도맡아줄 사람이 필요했고, '할 수 없이'라고 말하기는 그렇지만, K 씨 누나가 두 아이의 '엄마'가 되어 아이들을 키우기로 했다.

네 살인 장남도 아직 인지능력이 발달되기 전이었기 때문에 두 아이에게 자신의 누나를 '엄마'라고 부르게 하고 진짜 엄마로 가르치기 시작했다.

인정이 많은 K 씨의 누나는 두 아이에게 애정을 쏟으며 정성껏 보살폈고, 아이들도 그녀를 진짜 엄마라고 믿고 따랐다.

그러나 아이들이 성장해가면서 K 씨는 언젠가 아이들에게 진실을 말해야 한다는 고민을 계속하게 되었다.

큰아이가 고등학교 2학년, 둘째 아이가 중학교 2학년이 되던 해. K 씨는 결국 비밀을 밝히기로 결심하고 두 아이에게 "지금까지 숨겨왔는데, 이제 진실을 말해줄 때가 온 것 같다. 지금 너희들이 엄마라고 여기며 따라온 사람은 나의 누님이 다"라는 말로 진실을 전했다.

말도 안 된다며 엄청난 진실에 말문이 막힌 작은아들에게 K 씨는 강경한 태도로 사실을 인지시켰다.

말문이 막힐 정도로 놀란 작은아들에 비해 크게 놀라지 않는 큰아들을 보며, K 씨는 "혹시, 너는 알고 있었느냐"라고 물었고, 큰아들은 "알고 있었어"라며 담담하게 대답했다.

"알고 있었는데, 동생한테는 말하지 않은 거니?"라는 K 씨의 질문에, 큰아들은 말하지 않았다고 여전히 담담하게 대답했다.

큰아들의 대답을 들은 K 씨는 '아직 고등학교 2학년의 어린 아들이 혹시나 충격을 받을지도 모를 동생을 걱정하여 말하지 않고 묵묵히 기다려주다니. 상황에 따라 솔직함 대신 침묵이 필요하다는 사실을 잘 알고 있구나. 좋은 아이로 자라주었어'라는 생각이 들었다고 한다.

그리고 이번에는 여전히 혼란스러워하는 작은아들에게 다시 한번 "네가 엄마라고 말하는 사람은 사실 진짜 엄마가 아니야"라고 말하자 작은아들은 이렇게 말했다고 한다.

"나한테는 진짜 엄마야."

자신이 낳은 아이는 아니었지만, K 씨의 누나가 애정으로 보살피며 아이들과 함께한 시간은 세 사람을 진짜 '엄마와 아들' 사이가 되게 하기에 충분했다.

이 이야기의 주인공인 K 씨는 우리가 모두 알고 있는 전(前) 일본 총리 고이즈미 준이치로 씨이다.

두 아이는 큰아들 배우 고이즈미 고타로 씨와 작은아들 중의원 고이즈미 신지로 씨이다. 그리고 고타로 씨와 신지로 씨, 두 사람을 엄마가 되어 정성스레 보살펴온 누나는 고이즈미 씨의 친누나 미치코 씨이다.

이 이야기는 미치코 씨의 장례식 때, 상주였던 고이즈미 전 총리가 울면서 읊은 조사(弔詞)를 통해 세상에 처음 밝혀졌다.

울면서 이 사실을 고백한 고이즈미 전 총리를 보며 오랫동안 고이즈미 전 총리를 취재해온 기자들도 눈물을 흘리며 감동했다고 한다.

부모 자식 사이의 돈독함을 의미하는 '피는 물보다 진하다'라는 말이 있는데, 사실 '피'만으로는 '진짜 부모 자식 사이'가 될 수 없다.

물은 피보다도 맑다.

부부도 원래는 피 한 방울 섞이지 않은 타인이었다.

부모 자식을 잇는 것은 사실, 피가 아니라 둘 사이에서 생겨난 *끈끈한* 애정이다.

담 너머 영어 회화

영문학자 도야마 시게히코 씨는 일본이 미국과 전쟁을 시작하려던 시기인 1941년에 주위의 반대에도 불구하고 당시 도쿄고등사범학교 영어과에 입학했다.

도야마 씨가 영어과에 입학한 지 불과 8개월밖에 지나지 않은 어느 날, 일본은 하와이 진주만 공격을 시작으로 전쟁에 본격적으로 뛰어들었다. 그러면서 일본은 반미 감정에 휩싸였고 **적국의 언어를 배우는 영어과**에 대한 차별이 생겨나면서, 도야마 씨도 그 차별의 시선을 피하지 못했다.

하숙집에서 더 이상 방을 빌려줄 수 없으니 방을 빼라는 통보를 받기도 했고, 지하철 안에서 공부하고 있던 중 지나가는 행인에게 느닷없이 뺨을 맞은 적도 있었다고 한다.

그러한 차별을 견디지 못한 영어과 학생들은 하나둘씩 자퇴를 선택했다.

도야마 씨는 어쩔 수 없이 학교를 떠나가는 같은 과 학생들을 보며 말로 표현하기 힘든 분노를 느꼈다고 한다.

전쟁 중에 느낀 차별은 그렇다 하더라도, 패전 후 세간의 태도 변화는 도야마 씨의 분노를 머리끝까지 치솟게 만들었다.

이제까지 영국과 미국을 욕하던 사람들이 전쟁이 끝남과 동시에 '미국 만세'를 외치면서, 사회적으로 지위가 있는 사람들까지 '앞으로는 영어다'라고 말하는 것에 무엇보다 화가 났다고 한다.

물론 전쟁으로 가족을 잃은 사람의 분노는 이보다 더 클 테지만, 도야마 씨의 경험은 전쟁이라는 큰 변화 속에서 영어를 배웠던 사람이 겪은 '복잡한 사회 환경'을 잘 전해준다고 생각한다.

그 시기 영어에 관한 또 다른 이야기가 있다. 이 이야기는 종전 후 초등학생이던 어느 소년이 주인공이다.

소년 M 군은 서양 문화를 동경했고 영어도 좋아했지만, 전쟁 중에는 영어 공부를 공공연하게 할 수 없는 분위기였다.

그러던 중 기다리던 종전을 맞이하자 M 군은 이제 겨우 마음 놓고 영어 공부를 할 수 있겠다고 생각했다.

그러면서 '살아 있는 영어'를 듣고 싶다는 열망에 사로잡혀 말도 안 되는 방법을 실천하게 되었다.

M 군이 생각해낸 '살아 있는 영어 공부'란 바로 **미 군사 지역으로 가서 미국 병사와 이야기하는 것**이었다.

물론 전쟁은 끝났지만 민간인이 미군 기지 안에 들어갈 수는 없었기 때문에, M 군은 기지 울타리로 다가가 울타리 너머로 미국 군인에게 말을 걸며 대화 상대가 되어달라고 했다.

아무리 영어가 좋은 M 군이라고 하지만, 상대는 불과 얼마 전까지만 해도 일본에 폭격을 가했던 미국인이었다.

아직은 어린 소년인 M 군이 담 너머 군인에게 말을 건네기 위해서는 상당한 용기가 필요했을 터였다. 그러나 M 군의 영어에 대한 동경은 미군에 대한 공포보다 훨씬 컸다.

기지의 담 너머로 서로의 얼굴도 모른 채 영어로 대화하는 미국 군인과 일본 소년.

왠지 영화 속 한 장면 같다.

매일 기쁜 마음으로 담을 찾아오는 일본 소년의 대화 상대가 되어준 미국 병사의 친절함도 어쩐지 마음을 따뜻하게 한다.

솔직하게 말하면 마음은 통하기 마련이다.

전쟁은 언제나 '국가'가 제멋대로 일으킨다.

그로 인해 **'대화를 통해 서로 마음을 나눌 수 있는 사람끼리'** 목숨을 빼앗는다.

전쟁을 통해 얻는 것은 차별과 편견, 분노와 비극뿐이다. 모두에게 상처를 주며 아무런 결실이 없다.

담 너머로 미국 병사와 이야기를 나눈 M 군은 그 후 훌륭히 성장하여 영어 선생님이 되었다.

이제는 교단을 떠난 M 선생이지만 그의 제자들 중에서 또 다른 영어 선생님이 탄생하고 있다.

담 너머로 영어 회화를 배운 '영어를 좋아하던 소년'의 DNA는 계속해서 이어져 다음 세대로, 또 그다음 세대로 확산되고 있다.

웃게 해주고 싶은 사람

사람은 재미있게 해주는 사람에게 마음을 여는 존재이다.

애니메이션 감독 미야자키 하야오 씨의 초기 작품인 〈루팡 3세: 칼리오스트로의 성〉에 이런 장면이 있다.

루팡 3세는 칼리오스트로 백작에게 붙잡혀서 성에 갇혀 지내는 클라리스 공주를 구하기 위해 그녀가 있는 방으로 몰래 잠입한다.

그가 힘겹게 그녀의 방에 들어간 후 가장 먼저 한 일은 '클라리스의 믿음을 얻는 것'이었다.

어찌 되었든 루팡은 지붕의 작은 창문으로 들어온 '도둑'이었다.

클라리스가 루팡을 믿지 못한다면, 그는 그녀를 구해낼 영웅이 아닌 그저 유괴범에 불과했다.

루팡은 "금고 안에 갇혀 있는 보석들을 구해내고, 자신의 의지와는 상관없이 누군가의 신부가 되어야만 하는 여자아이를 푸른 들판에 데려다주는 것은 모두 도둑이 하는 일입니다"라며 익살스러우면서도 과장되게 연설을 하고, 작은 만국기를 요술처럼 꺼내어 클라리스에게 웃음을 선사했다.

결국 클라리스는 자신을 웃게 해준 루팡에게 마음을 열었다.

당신이 웃게 해주고 싶은 사람은 누구인가.

그 사람은 당신을 신뢰하고 있는가.

가수 사다 마사시 씨는 1987년부터 2006년까지 매년 8월

6일에 '나가사키의 여름에'라는 제목의 무료 야외 콘서트를 열었다.

8월 6일은 히로시마에 원자폭탄이 투하된 날이다. 또 다른 피폭지이자 자신의 고향인 나가사키에서 사다 씨는 20년 동안 노래를 불렀다.

이벤트라는 즐거운 일에 사상성을 부여하고 싶지 않다는 사다 씨의 뜻이 있어서, 평화라는 심오한 이야기를 다루거나 하지는 않았다.

다만, 콘서트에 와준 손님들에게 언제나 한 가지 부탁했다.

"이 콘서트가 끝날 때까지 아주 잠깐이어도 좋으니, 가장 소중한 사람의 '미소'를 떠올려주세요. 그리고 그 '미소'를 지키기 위해 자신이 무엇을 할 수 있는지 생각해주시기 바랍니다."

웃게 해주고 싶은 사람은 지금 웃고 있는가.

당신은 그 사람의 웃음을 위해 무엇을 하고 있는가.

"사람은 무엇을 위해 살아가나요?"

이 질문에 어느 고명한 승려는 이렇게 대답했다.

"누군가를 행복하게 하기 위해."

누군가를 미소 짓게 하기 위해 살아가는 삶이야말로 가장
아름다운 삶일지도 모른다.

영화 〈남자는 괴로워〉에서 남자 주인공의 대사 중에 이런
말이 있다.

**"나는 어려운 얘기는 잘 모르지만 말이야. 당신이 행복하면
그걸로 됐다고 생각해."**

그렇다. 누군가의 행복을 바라는 마음에 그 이유는 중요하
지 않다.

어느 드라마에서 엄마와 초등학생 딸아이가 대화하는 장면
이 있었다.

딸 "엄마, 왜 웃어?"

엄마 "○○(딸 이름)이 웃으니까. 그럼 ○○는 왜 웃고 있어?"

딸 "엄마가 웃으니까!"

소중한 사람의 미소를 보면 당신도 자신도 모르게 웃게 된다.

웃게 해주고 싶은 사람은 누구인가.

그 사람은 지금 웃고 있는가.

그 사람의 미소를 위해 당신은 무엇을 하고 있는가.

그 사람의 미소가 당신을 행복하게 해준다는 사실을 잊지 말자.

다음 사람을 위해

나의 지인이 직접 겪은 이야기이다.

출근 도중 역 계단에서 발을 접질린 그녀는 극심한 고통에 움직이지도 못한 채 그 자리에 주저앉아버렸다.

그러자 그녀의 뒤에서 계단을 올라오던 남성이 방해되게 왜 여기에 있냐며 화를 냈다.

아픔과 속상함이 뒤섞여 당장이라도 눈물이 쏟아질 것 같았던 그녀의 뒤에서, 어느 중년 여성이 **"괜찮아요?"**라며 상냥한 목소리로 말을 걸어오더니 어깨까지 빌려주며 근처 벤치로 부축해주었다.

이번에는 감사한 마음에 또 한 번 눈시울이 뜨거워진 그녀.

복잡한 지하철역 계단에서 갑작스럽게 발이 접질린 사람을 보고, 당신은 화를 내는 사람과 다정한 말로 위로하며 어깨를 빌려줄 수 있는 사람 가운데 어느 쪽이 되고 싶은가?
답은 정해져 있다.

최근 한 지하철역 근처에 노숙 경험자가 일하는 카페가 생겼다는 뉴스를 본 적이 있다.
노숙자에게 '살 곳'을 마련해주기 위해 활동하는 단체가 한 단계 더 나아가 '주거 공간이 확보되어도 사회활동을 전혀 하지 않는 문제'를 해결하기 위해, 일할 장소를 제공한다는 차원에서 카페를 오픈했다고 한다.

그 뜻깊은 카페에서 하고 있는 또 다른 멋진 실험이 있다.
'복나눔권'.

금전적으로 여유가 있는 사람이 **다음 사람을 위해** 복나눔권을 구입한 뒤 카페에 기증하면, 돈이 없는 사람이 와서 복나눔권을 사용하여 음식을 사 먹을 수 있는 시스템이다.

금전적 여유라고 해도 복나눔권은 200엔과 700엔 두 종류만 있어서 결코 비싼 가격이 아니다.

Pay It Forward. 작은 행복 나누기.

작은 친절함으로 가득한 세상.

여러분의 내일이 따뜻함으로 가득한 하루가 되길 바라며……

니시자와 야스오

주요 참고 문헌
*일본 책 제목을 번역한 것이다.

《일본인이 세계에서 자랑하는 33가지》(루스 저먼 시라이시), 《고민의 90%는 버릴 수 있다》(우에니시 아키라), 《돈과 물건에서 해방되는 영국의 지혜》(이가타 게이코), 《진심으로 하고 싶은 이야기가 있어》(사다 마사시), 《왠지 늘 손님으로 가득한 이자카야 사장님이 이야기하는 '손님을 사로잡는 방법'》(우지케 슈타), 《나는 왜 책 읽기가 힘들까》(도야마 시게히코), 《마이클 잭슨의 양말은 왜 하얀색일까》(노로 에이시로), 《야쿠자는 사람을 5초 안에 90% 파악한다》(무카이다니 다다시), 《이유 있는 영화》(사와베 유지), 《100만 명이 웃었다! '세계 유머집' 걸작선》(하야사카 다카시), 《창피를 당하지 않는 스피치 능력》(사이토 다카시), 《비즈니스맨을 위한 새로운 동화 읽는 방법》(우에사카 도오루), 《은근슬쩍 사람을 움직이는 굉장한 말하기 방식》(야마자키 다쿠미), 《'젊은 사람, 바보 같은 사람, 외부 사람'은 가장 도움이 된다: AI 시대의 창조적 사고》(기무라 나오요시), 《안 되는 때일수록 말을 가꾸자》(하기모토 긴이치), 《일본 전역을 뒤흔든 신문 사설》(미즈타니 모리히토), 《그렇게까지 이야기하는가! 히로유키×호리에몽×가쓰마 가즈요》(가쓰마 가즈요·호리에 다카후미·니시무라 히로유키), 《엄마가 좋아, 눈물이 날 만큼!》(히스이 고타로) 〈순서 무관〉

행복을 연기 하지 말아요

1판 1쇄 인쇄 2018년 7월 23일
1판 1쇄 발행 2018년 7월 30일

지은이 니시자와 야스오
옮긴이 최은지
펴낸이 김성구

책임편집 고혁
단행본부 류현수 이은정
디자인 홍석훈 문인순
제 작 신태섭
마케팅 최윤호 송영호 유지혜
관 리 노신영

펴낸곳 (주)샘터사
등 록 2001년 10월 15일 제1-2923호
주 소 서울시 종로구 창경궁로35길 26 2층 (03076)
전 화 02-763-8965(단행본부) 02-763-8966(마케팅부)
팩 스 02-3672-1873 **이메일** book@isamtoh.com **홈페이지** www.isamtoh.com

표지 및 본문 그림 ⓒ 정혜선
한국어 판권 ⓒ (주)샘터사, 2018, Printed in Korea.

ISBN 978-89-464-2088-5 03830

이 도서의 국립중앙도서관 출판예정도서목록(CIP)은 서지정보유통지원시스템 홈페이지(http://seoji.nl.go.kr)와
국가자료공동목록시스템(http://www.nl.go.kr/kolisnet)에서 이용하실 수 있습니다. (CIP제어번호 : CIP2018022452)

값은 뒤표지에 있습니다.
잘못 만들어진 책은 구입처에서 교환해드립니다.